MUERTE VIVIENTE - APOCALIPSIS ZOMBI

DAVID MUSSER

TRADUCIDO POR
ENRIQUE LAURENTIN

Esta es mi cuarta novela, y estoy muy contento con los comentarios recibidos hasta ahora. Dedico este libro a los fans de los zombis. Sé que somos muchos. Este género ha sido muy divertido de leer para mí en los últimos años y sólo quiero devolver un poco.

AGRADECIMIENTOS

Usted, el lector: espero que siga disfrutando de mi trabajo. Le ruego que me haga llegar sus comentarios. Mi plan es intentar continuar mientras disfrute de mis historias. KeepInTheLight.com

Megan Anderson - Mí editora para la serie **Keep in the Light**. Nunca habría empezado este viaje si no hubieras creído en mí.

Rachel Musser - Como siempre, estoy orgulloso de ti y no podría hacer lo que hago sin ti, que eres una hija increíble.

Tom Vater - Gracias por ayudarme a recuperar la fe en mi capacidad para contar historias. Un gran editor puede hacer, y de hecho hizo, una maravillosa diferencia en esta historia de amor al género Zombie.

PREFACIO
CONSULTORIO MÉDICO

No sé cómo he llegado a este punto. La vida tiene una forma curiosa de alcanzarte. Siempre me han dicho que para contar una historia es mejor empezar por el principio. Por favor, disculpen estas grabaciones. Encontré una de esas viejas máquinas de cinta que solían usar los abogados, y he estado grabando en ella durante un tiempo.

No estoy seguro de lo que estaba haciendo, aparte de capturar los momentos. Quizá una pequeña parte de mí sabía que acabaría aquí.

En realidad, todo empezó hace un año...

"Esto es una gilipollez", dije al salir de la consulta del médico. Quiero decir, ¿qué coño? ¿Quién demonios se creía que era? Me encantaban sus modales. ¿Tan difícil era? Había pedido los resultados por teléfono... Sabía que me estaba muriendo. Era fácil entender los síntomas, y sumado eso a la investigación que había hecho en Internet, seguro que estaba al caer.

"¡Vas a morir!", decían los resultados de mi búsqueda.

Bueno, no exactamente, pero antes de seguir, no sientas pena por mí. No soy una buena persona. Sólo quería estar seguro de que Internet tenía razón. Para retroceder un poco. Un par de semanas antes me había tomado el día libre y había ido a hacerme muchas, muchas pruebas. En la consulta del médico me llamaron más tarde. Nunca hablé con el médico, sino con uno de sus ayudantes, un asistente médico o algo así.

"Oh, no, lo siento", me dijo, "no tengo acceso a los resultados. Sólo llamo para concertarle una cita".

Traducción: "Tengo los resultados, pero no podemos facturarle a menos que venga a la consulta".

"Es nuestra política", añadió con una pizca de tristeza en la voz.

Me presenté en la consulta con quince minutos de antelación, lo mismo que he hecho para cualquier reunión en mi vida adulta, y me senté, esperé, esperé y esperé un poco más. Cuarenta y cinco putos minutos después, me dijeron: "Por favor, vuelva".

Esta vez, la enfermera, y era una enfermera, no la ayudante del médico, me tomó la tensión y frunció el ceño porque estaba elevada. Si me tienen en una sala de espera treinta minutos después de mi cita, ¿adivinen qué? Me subiría la tensión.

Entonces entró el médico, con un bronceado de campo de golf, tendiéndome la mano para que se la estrechara. Por alguna razón, lo hice. Se la estreché como me había enseñado mi padre, haciendo contacto visual.

"Señor...", empezó, antes de adoptar un tono más personal, "Nick, tengo malas noticias".

Bueno, puedes adivinar por dónde fue el resto de la conversación. Habló de tipos de tratamiento y desestimó toda la investigación sobre medicina alternativa que yo había hecho.

"Esos tratamientos caseros nunca funcionan. Los remedios naturales no ayudan".

Bla, bla, bla. Sonaba como el profesor de un viejo dibujo animado que había visto de niño, y no le presté atención al resto. Debió pensar que estaba en estado de shock, porque me tocó el hombro para consolarme. Ahora su enfermera, me habría consolado si hubiera querido un toque, pero no este imbécil.

Para explicarlo, debo decir que me crié en una época en la que se seguían ciertos protocolos al hablar con la gente. Te ponías de pie cuando una dama entraba en la habitación, le dabas la mano de pie y nunca llamabas a nadie por su nombre de pila sin permiso. Simplemente no se hacía, pero ahora que me estaba muriendo, pensó que podía llamarme Nick.

Vale, pensándolo bien sé que estaba usando eso como una razón para estar cabreado por algo que no fuera el hecho de que me estaba muriendo. Lo entiendo. De verdad, pero debes entender que es la primera vez que intento contar esta historia. He estado demasiado ocupado viviéndola. Es la primera vez que tengo algo interesante que contar, y puede que no tenga mucho tiempo, así que, por favor, perdónenme y déjenme averiguar cómo sacar las palabras.

Ahora, ¿dónde estaba? Sí, eso era, salí furiosa de la consulta del médico, enfadada sin ninguna razón real pero enfadada. Buscaba una razón para enfurecerme. Buscaba centrar mi ira en cualquier cosa menos en aquello por lo que estaba realmente enfadado.

¿Le eché la bronca al médico antes de irme? Claro que sí. Empezó a hacer lo que hacen todos y dejó el papel sobre la mesa, diciendo que la enfermera volvería y que podía pagar por adelantado y programar mi próxima visita.

"Cha-ching", debió de pensar que me iba a tener a mí y a mi compañía de seguros en el anzuelo durante... bueno, al menos un año, quizá un poco más, si seguía sus protocolos.

Cuando dejó el papel, saqué mi pinza para billetes. Sí, soy ese tipo de persona. Puse cinco billetes de cien dólares sobre el papel y dije: "Considere mi cuenta saldada; envíe cualquier pago en exceso, por favor, al banco de alimentos local".

Y salí de la habitación sonriendo.

La enfermera no sonrió mientras bajaba por el pasillo. Ya le habían avisado para que entrara en mi habitación y, cuando pasamos, estaba confundida. Le guiñé un ojo y supe que me deseaba en secreto.

Aquí estaba yo fuera, sintiéndome cabreado... Sí, sí, ya sé que sin motivo. Pero estaba cabreado y buscaba una excusa. La consulta del médico estaba en un pequeño centro comercial a las afueras de la ciudad. Aparte de la consulta del médico, había una cadena de tiendas de comestibles, la tienda ABC.

"¿Qué es una tienda ABC?", te preguntarás.

Bueno, con el fin de mantener el alcohol debidamente regulado, y no permitir que la gente local ganara dinero con él, algunos estados tenían tiendas ABC. Algo extraño si se tiene en cuenta que la policía gastaba mucho dinero en encontrar a gente que conducía después de haber bebido demasiado.

De vuelta a donde estaba. Lo siento soy disléxico y mi mente divaga, y a veces siendo zurdo, siento que no estoy en mi sano juicio. Dime que entendiste ese chiste... ¿por favor?

Ok volvamos a donde estaba. Caminaba hacia mi coche, y vi a otro imbécil. Hay muchos idiotas en mi ciudad. Vi a un idiota golpear a su novia.

Estaba parado justo al aire libre, "No me hables por la espalda, Jenny," escuché y luego vi su mano retirarse, y golpear.

Miré a mi alrededor. El resto de la gente de los alrededores intentaba mirar a cualquier sitio menos a ellos. Una persona estaba tan absorta en su teléfono que podría haber estallado una bomba y no se habría dado cuenta. Ahora para hacerlo aún mejor... Estaban aparcados justo al lado de mi coche.

Su novio se llamaba Todd. Lo descubrí más tarde. Su nuevo descapotable tenía la capota blanca levantada, y el coche era azul bebé, con una raya negra por delante. Este imbécil no se merecía un coche tan bonito ni a la chica.

Yo, estaba en un POS, un coche poco conocido. La mayor parte de la etiqueta se había desgastado, y estaba cubierto de óxido. Todo el mundo llamaba a esta monstruosidad de cuatro puertas por su nombre.

"¿De quién es el pedazo de mierda aparcado en el carril de incendios?"

Estoy seguro de haber oído eso una docena de veces a lo largo de los años.

Los frenos estaban malos, algunos dirían que inexistentes, y era mucho más fácil aparcarlo en el carril de incendios y dejar que se detuviera a toda velocidad cuando tenía que ir a la tienda ABC o comprar una pizza en el pub local que vendía cerveza para llevar.

Jenny se volvió desafiante y dijo: "Pégame otra vez, Todd, y me iré a casa con...".

Entonces me llamó la atención. Viendo que yo era el único alrededor no sólo mirando, pero se dirigió en su dirección. Supongo que no era difícil. Él tenía veintiún años tal vez, y supuse que ella tenía la misma edad.

"A él, me iré a casa con él y le follaré los sesos".

Y a Dios pongo por testigo de que me guiñó un ojo. Fue un guiño tan juguetón, y vino acompañado de una sonrisa que casi me paró en seco. Pero todavía estaba enfadado por la visita al médico. Había encontrado a alguien a quien golpear y con quien desquitarme. Seguí avanzando.

Empezó a retirar el brazo para darme otra bofetada y vi que cerraba la mano en un puño. Este iba a ser un puñetazo.

"Lanza ese puñetazo, junior, y te golpearé hasta dejarte medio muerto, y me llevaré tu coche y a tu chica", dije, mientras intentaba mantener la calma en mi voz y ocultaba la alegría que sentía al escuchar mis propias palabras.

Esto iba a ser divertido, pensé. Hacía mucho tiempo que no me soltaba. Soy viudo y, cuando murió mi esposa Pam, pasé muchas noches en bares, retando a pelear a cualquiera. Me di cuenta de que ahora era más probable que la gente llamara a su abogado que devolviera un puñetazo. Era un poco triste.

Entrené un poco en un dojo de artes marciales en Front Royal, VA, pero me quedé sin tiempo y no seguí con ello. Tenía las habilidades que había aprendido y algo más, así que salí de la escuela y allí conocí a Pam.

Ella había estado en una cita en la que se habían puesto demasiado toquetones en la pista de baile y, de repente, le eché y nos casamos. Duramos veinte años. No tuvimos hijos. Pensamos en adoptar, pero nunca llegamos a hacerlo. Los dos trabajábamos mucho y viajábamos un poco, pero nunca llegamos a hacer grandes viajes. Íbamos a venderlo todo y comprar una de esas grandes auto caravanas para recorrer el país. El destino tenía otros planes.

Fue una muerte rápida, al menos para ella. Una tormenta de hielo hace un par de años, un ciervo en la carretera. En lugar de lanzarlo contra el parabrisas, intentó esquivarlo. El coche de detrás paró y el conductor hizo lo que pudo por ayudarla, así que, ¿con quién podía enfadarme? Simplemente volvía a casa y había sido un accidente.

No podía enfadarme porque nadie parara, porque la persona que iba detrás de ella paró. La ambulancia llegó en cuestión de minutos. Lo único a lo que podía culpar era al ciervo.

Pensé en matar a los ciervos, pero no era culpa suya. Sólo fue mala suerte. Un accidente raro. Deseé que el coche necesitara una llamada a revisión de la que no nos hubieran avisado. Algo, lo que fuera, para poder cabrearme. Pero no había nada. Incluso deseé que el accidente hubiera sido culpa mía. Así habría tenido a alguien a quien culpar.

La mujer perfecta murió estúpidamente. Fin de la historia.

"Gracias, Universo".

¿Qué hizo el universo entonces? Me hizo vivir otro par de años sin ella. Estaba bebiendo hasta morir, pero no fue el alcohol lo que me mató. No, y bueno, aún no estoy muerto, pero el cáncer habría aparecido de todos modos.

Me molestó que ella muriera primero. Perdón si sigo dando saltos, intentaré hacerlo mejor. Vale, acababa de decir una frase increíble, y el chico hizo una pausa de un segundo, y yo estaba listo para una pelea y ¿qué hizo esta chica?

Era alta, y tenía el pelo negro como el carbón, muy largo y bastante llamativo. Estaba seguro de que me deseaba. Todos lo hacían, pero ella realmente lo había dicho. ¿Qué hizo, mientras Todd me miraba? Le dio una patada en las pelotas. Él se dobló. Le quitó las llaves de la mano y le dijo: "Entra, viejo".

"Qué demonios, voy a morir en algún momento", dije, mientras me dirigía al coche. Todd yacía en el suelo gimiendo, agarrándose las pelotas. Le dio una patada en la cabeza y me lanzó las llaves.

"Es mi coche y no me gusta conducir. Vámonos".

"Tío, déjala en paz", gimió Todd y yo le ignoré. Me acerqué al lado del pasajero y ella me miró divertida. Me agaché y le abrí la puerta.

"Gracias", dijo entrando.

No estaba seguro de que alguien más se hubiera dado cuenta, pero me imagino que se veía muy bien. Podría haber sido aún mejor si la capota del coche hubiera estado bajada.

Caminé alrededor del coche mientras Todd se levantaba. Sacó un cuchillo y me lo clavó en la pierna. Por suerte, me di cuenta a tiempo. Le di un pisotón en la mano hasta que me soltó y cogió el cuchillo.

"No es un mal cuchillo, chico. Gracias", le dije. Cerré la navaja y me la guardé en el bolsillo.

Puse el coche en marcha y escuché cómo se aceleraba el motor. Esperaba no haber herido los sentimientos de mi TPV. Era una mierda de coche, pero me había llevado adonde quería.

"¿Adónde?" Pregunté mientras salía de su plaza de aparcamiento, mirando a Todd que estaba apoyado en mi TPV, cogiéndole la mano y frotándose las pelotas. Pensé en lanzarle mis llaves, pero el TPV se merecía algo mejor que Todd.

Ella permaneció en silencio un rato y finalmente dijo: "Cualquier lugar, sólo aléjame de esta maldita ciudad".

Ella alcanzó el control de la parte superior como nos detuvimos en un semáforo.

"Vale, primero mi casa para recoger algunas cosas. ¿Qué te

parece la costa oeste? Siempre he querido cruzar el país en coche", le dije.

Era algo que Pam y yo habíamos planeado, pero nunca había tenido tiempo. Había pasado más días de vacaciones trabajando que viajando. Me alegraba de todo lo que habíamos hecho, pero el viaje por carretera y ver mundo había sido nuestro sueño. Quizá por fin había llegado el momento.

¿Sentía que estaba renunciando a la vida? Bueno, como descubrirás, querida, luché duro para sobrevivir. Así que no, no sentí que esto fuera rendirse. Fue una diversión encantadora.

CAPÍTULO 1
VIAJE POR CARRETERA

Siempre he sentido una pasión especial por los viajes por carretera. Pam y yo hicimos varias escapadas cortas antes de que nos sucediera la vida, pero nuestro sueño había sido este viaje a campo traviesa, y aunque ahora no viajaba con ella, sentía que estaba cerca.

Jenny apagó mi televisor y frunció el ceño: "¿Qué clase de persona no tiene un televisor que funcione?".

"Lo siento, siempre he sido más de leer".

Se dio la vuelta y se puso las manos a la espalda como una jefa vigilando a sus trabajadores, "Bien, ¿todo recogido? Gracias por la ropa extra. Podemos parar a comprar más por el camino".

Se echó hacia atrás e hizo un estiramiento exagerado imitando el que yo había hecho antes.

Me gustan los viajes por carretera, pero había pasado mucho tiempo y quería quitarme las molestias de la espalda antes de salir.

"Estoy lista, ¿tienes tu chupete?". pregunté, con ganas de devolverle lo de la edad.

"Tienes uno para mí, ¿verdad?", replicó a la velocidad del rayo. Eso me detuvo. No sabía qué decir. Se dio la vuelta y se sentó en la cama junto a la maleta, moviéndose arriba y abajo un par de veces, sonrió y añadió: "Los muelles parece que funcionarían".

"Tú ganas. Vámonos. Podemos hablar por el camino y decidir si cogemos una habitación o dos".

Todavía hacía calor fuera, así que nos dirigimos a la interestatal. La aplicación de mapas de mi teléfono decía que eran treinta y nueve horas de viaje. Teníamos todo el tiempo del mundo. En la radio sonaba una de esas alertas de emergencia que emiten si hay condiciones meteorológicas extremas en el camino. La apagué rápidamente. No quería que nos reventara los tímpanos.

"¡Esas alertas son demasiado ruidosas!". Maldije.

Tomamos la 81 hacia el sur hasta Johnson City.

"¿Habías estado antes en el oeste?" le pregunté, mientras conducíamos con el viento echándole el pelo hacia atrás. Usó mi teléfono para poner música a todo volumen y había encontrado unas viejas gafas de sol de espejo mías y las llevaba puestas. Si esto no era el paraíso, no sé qué lo era.

"No, nunca he estado fuera del estado. Bueno, quizá cuando era pequeña, pero después de la muerte de mi padre tuve que quedarme en casa cuidando de mi madre. Ella falleció unos años más tarde y desde entonces me he valido por mí misma", dijo mientras se quitaba los zapatos y ponía los pies descalzos sobre el salpicadero.

Sabes que eso es peligroso, pensé, pero no quería que me trataran como a un anciano, así que guardé silencio.

Mi teléfono tenía una doble función. Usábamos la aplicación de mapas y poníamos música. Ella se tomó su tiempo para crear una lista de reproducción especial para el camino. Antes de irnos, había pisoteado su teléfono y lo había tirado a la basura.

Al ver eso, tuve la sensación de que la nuestra iba a ser una relación maravillosa. Estaba preciosa sentada con los pies en alto, y me la imaginaba quitándose el top cuando oscureciera.

"Te gusta mirar, ¿verdad?", dijo, devolviéndome juguetonamente a la realidad.

Hice caso omiso y subí el volumen de la música. Resultó que le gustaba el rock clásico. O lo ponía especialmente para mí. Escuchamos "I Wanna Rock" de Twisted Sister. Los dos cantamos tan alto como pudimos. Ninguno de los dos estaba especialmente afinado, pero nos estábamos divirtiendo. Condujimos hasta Marion. Salimos de la interestatal y entramos en la Ruta 11, una carretera secundaria. Fue un viaje cómodo con la calefacción encendida y la capota subida mientras oscurecía, cómodo para ella. Pero necesitaba parar. Estuve unas cinco horas en la carretera antes de necesitar un descanso. Encontramos una pequeña gasolinera, con una cafetería adjunta. Ella fue a pagar la gasolina mientras yo bombeaba.

"Yo pago, Nick. Usted consigue el tanque siguiente. Tengo que entrar y pagar en efectivo, así que pon treinta", dijo, poniéndose los zapatos sobre los pies descalzos y volviendo a atarse el top. Me había dado un buen espectáculo y, si tenía que morir, ésta era sin duda la forma de hacerlo.

Me quité el sombrero virtual y la vi entrar. Me eché a reír. Habían pasado más de cuatro horas y no había pensado en la maldita doctora ni una sola vez.

El sacaleches hizo ruido, así que empecé a bombear. Cuando terminé me acerqué a la entrada. Antes de entrar, vi un poco de sangre, y tal vez pelo en el suelo. El pelo era corto, y como era temporada de caza, no le presté mucha atención. Esto podría haber sido un puesto de registro, por lo que yo sabía.

No había nadie detrás de la caja registradora y, al principio, no pude ver a Jenny. Eché un vistazo a la caja, cogí una bolsa de caramelos y un refresco light y los puse sobre el mostrador. Pensando en el viaje que tenía por delante, cogí otro de cada. Con esta combinación de chocolate y refresco light, podría seguir conduciendo eternamente.

Oí algo, un pequeño ahogo, me volví y vi la cabeza de Jenny por encima de uno de los divisores de pasillo. No la había visto antes por todas las patatas fritas que había encima, pero allí estaba mirando hacia abajo y sin moverse.

Aunque no soy la persona más observadora del mundo, la verdad es que sólo intentaba tomar algo y estar lista para volver a la carretera. No tardé en darme cuenta de que algo iba mal. Tenía la mano en el bolsillo, agarrando la navaja de Todd. Al doblar el pasillo, lo primero que vi fue sangre, mucha sangre. Había un cuerpo desplomado a los pies de Jenny. Yacía boca arriba en el suelo. Sangre y sangre en las bolsas de patatas fritas a su alrededor. Un disparo de escopeta en el pecho y la cara, supuse.

Le puse la mano en el hombro. Se volvió y me rodeó con los brazos, temblando.

"Tranquila, te tengo".

Se puso rígida. Sabía que los cariños y otras expresiones cambiaban de una generación a otra. Lo que antes estaba bien, ahora ya no era políticamente correcto. Quizá por eso lo dije. Lo dije con mala intención. No me quedaba mucho tiempo en esta tierra y disfrutaba de su presencia en mi vida.

La giré para sujetarla con un brazo y miré hacia abajo. Como no había oído ningún disparo y Jenny no iba cargada, supe que no había sido ella. Empecé a mirar alrededor cuando ella dijo: "No, mira el cuerpo".

"¿Qué? pregunté, siguiendo sus ojos hacia abajo. Las piernas y los brazos del cadáver se movían.

"¿Qué coño?" Dije y ella soltó una risita. Me pregunté si estaría en estado de shock cuando soltó una carcajada, recuperando el aliento lo suficiente para decir: "Eso es lo que he dicho. Jinx".

Ya había oído esa expresión antes. Le sonreí del mismo modo que sonreía a los demás cuando no entendía el idioma.

Tirando de ella hacia atrás, avancé y ella me agarró del cinturón: "¡Por favor, no!".

"Tengo que comprobar cómo esta persona puede seguir viva. No veo cómo puede estar viva, pero si podemos ayudar, deberíamos".

Tal vez sacarlos de su miseria.

Al inclinarme sobre el cuerpo, me vinieron a la mente todas las películas de terror que había visto. Recordé esas escenas en las que decía: "Nunca haré algo tan estúpido".

Recordé a los forenses hablando de cuerpos que se movían después de la muerte, justo antes de ser devorados o asesinados. Recuerdo una película en la que la heroína yacía bajo una sábana con un cuerpo que se tiraba pedos. El recuerdo me hizo sonreír y me devolvió a la realidad.

La mayor parte de la explosión había atravesado el centro del pecho y hacia el cuello. Todo había explotado hacia fuera. Quien había disparado a esta persona lo había hecho por detrás.

Las piernas se movían a un ritmo extraño, como si intentaran caminar arrastrando los pies, incluso estando tumbado. Si hubiera levantado el cuerpo, habría caminado.

Las manos se cerraban lentamente en puños, se soltaban y volvían a cerrarse, agarrándose a algo invisible. Me aseguré de mantenerme fuera de su alcance mientras me movía hacia un lado, dejando a Jenny donde estaba.

"Vigila", le susurré, mientras me inclinaba para mirar la cara.

Era un hombre de unos veinte años. A juzgar por los trozos de chaleco que aún le quedaban, supuse que era el cajero. El cuello casi había desaparecido, pero un poco de hueso, músculo y otras cosas que desconocía lo sostenían. La mandíbula inferior había desaparecido, y la hilera superior de dientes yacía al descubierto.

Al mirar hacia abajo, me sentí observado. Sus ojos se habían clavado en los míos y su lengua empezó a dar vueltas alrededor del espacio vacío donde había estado su boca. Me tendió la mano y retrocedí.

"¿Cómo se puso la bomba?" pregunté acercándome de nuevo a Jenny.

"Solía trabajar en uno de estos y cuando no vi a nadie, lo encendí por ti. Pensé en echar gasolina e irme, pero quería coger algunas cosas. ¿Está vivo?"

"No veo cómo. No soy médico, pero he estado cazando y

estoy bastante seguro de que su corazón fue una de las cosas que se desintegraron por los disparos".

Pasé junto a ella y le rodeé la cintura con el brazo. Avanzamos hasta el final del pasillo y giramos hacia el siguiente. No había más cadáveres. Caminamos hacia la cafetería. Quería ver si había alguien más herido o en el mismo estado que nuestra amiga en el suelo.

Había unos cuantos asientos vacíos, un mostrador con un plato de donuts cubierto por un cristal y lo que parecía una tarta de manzana. Caminé detrás del mostrador y me aseguré de comprobar cuidadosamente si había algún movimiento. Jenny se quedó en el mostrador y me esperó.

No vi a nadie al otro lado de las ventanillas de reparto. Intenté abrir la puerta trasera, pero algo la obstruía.

"Vigila", le dije a Jenny mientras me arrastraba por una ventanilla de reparto.

Esto va a apestar, pensé mientras me imaginaba todas las películas de monstruos que había visto, imágenes de la cabeza de una persona siendo cortada o comida, mientras se arrastraban a través de algo que deberían haber dejado pasar. Pero necesitaba saber.

¿Asesinato? Pero, ¿cómo siguen moviéndose? ¿Drogas tal vez?

Cuando llegué a la mitad de la ventana de entrega, pude ver lo que bloqueaba la puerta. Un hombre vestido de caza, con unas buenas botas y un chaleco rojo, estaba apoyado contra la puerta. Su cara, o lo que quedaba de ella, estaba salpicada contra el metal. Si hubiera mirado al otro lado, seguro que habría visto los pequeños bultos que habían hecho los perdigones.

La escopeta yacía a su lado. No me cabía duda de que se lo había provocado él mismo. Estaba a mitad de camino y podía tomar la decisión de avanzar o retroceder, y recordé que alguien había dicho: "Ve siempre hacia delante".

Ahora mismo era un consejo estúpido, pero lo hice.

Logré atravesar la ventana sin que algo me cortara la cabeza y sin caerme. Saludé a Jenny para hacerle saber que estaba bien. "Vuelvo enseguida. Llama si ves u oyes algo".

Debería haber llevado mis armas.

No sé por qué no lo hice. Tal vez no confiaba en la chica y no quería darle algo con que dispararme a altas horas de la noche, pero por la razón que fuera, mis armas estaban a más de cuatro horas de distancia.

Afortunadamente, este cuerpo no se movía. La cabeza había desaparecido por completo. Recogí la escopeta, limpié la sangre y comprobé con cuidado cuántos cartuchos quedaban. La mayoría de las escopetas de caza tenían tres cartuchos. Si el tirador quitaba el tapón, esta arma podía tener cinco. Le quedaban dos cartuchos.

"Dos tiros para el cajero y uno para ti", dije en voz alta. Sin pensar. Estoy acostumbrado a estar solo y a hablar conmigo mismo más por costumbre.

"¿Qué?" Susurró Jenny.

"Nada. Estaré allí en un minuto".

Busqué en su cuerpo y encontré tres casquillos más. *Cinco casquillos*, pensé, haciendo una nota mental.

Mirándolo por encima noté una gran marca de mordida, varias marcas de mordidas en su brazo. Parecen humanas.

Tiré de él hacia atrás y hacia un lado, con cuidado de no mancharme de sangre. Abrí la puerta y volví hacia Jenny. Ella me observaba atentamente.

"¿Funciona el teléfono?" Le pregunté.

Ella negó con la cabeza y dijo: "Sonido de ocupado rápido".

"No sé lo que está pasando, pero viendo que el cazador fue mordido, mi opinión es que la cajera mordió al cliente. El cliente volvió a salir hacia su camioneta después de golpear y empujar a la cajera. Fue a su camioneta, cogió su escopeta y entró por una puerta trasera. Tal vez por la cocina. Pilló al cajero en el pasillo arrastrando los pies y le disparó. ¿Y por qué se pegó un tiro?"

Dejé de hablar, aún no le había contado lo del cazador.

"¿Se pegó un tiro?", preguntó con los ojos muy abiertos. Miedo o excitación, no estaba seguro.

"Sí, y en cuanto al por qué, quizá pensó que la cajera tenía algún tipo de infección, o quizá empezó a sentirse mal o a tener ganas de morder a la gente y decidió tomar la salida rápida. Coge algunas provisiones, rápido, y salgamos de aquí. Una vez en tu coche, comprobaremos la radio y con suerte averiguaremos qué está pasando".

Jenny cogió algunas bolsas mientras yo miraba a mi alrededor para asegurarme de que no había nadie más. Fue detrás del mostrador y salió con lo que parecía un revólver pequeño del calibre 38. Me impresionó que supiera comprobar que estaba cargado.

"Cinco tiros", dijo.

Vi la camioneta del cazador afuera. El armero estaba vacío. La puerta del pasajero estaba medio cerrada. Había un poco de sangre en el suelo.

Al abrir la puerta, no estaba seguro de quién sorprendió a quién, pero lo siguiente que supe fue que cuatro patas con garras me golpeaban en el pecho. Una especie de Pitbull saltó del camión. Debía de estar durmiendo. Al sacudirme, solté la carcajada que había estado conteniendo durante un rato, y se convirtió en risa histérica cuando Jenny empezó a correr tras el perro, llamándolo para que volviera.

Encontré más conchas en el asiento y en el suelo. No me dio tiempo a contarlas mientras me las metía en el bolsillo de la chaqueta, un puñado cada vez.

Jenny se había rendido con el perro y se reunió conmigo en el coche. Había vuelto a encender la bomba de gasolina. Abrí el tapón y llené el depósito. Jenny sacó una lata de gasolina de la parte trasera de la camioneta del cazador. La llené y la puse en el maletero. *Podría ayudar en caso de apuro.*

CAPÍTULO 2
RADIO AM

Había probado el teléfono de la cafetería. Una vez en el coche, probé con mi móvil. Tenía la mala costumbre de dejarlo enganchado a cualquier vehículo en el que estuviera, así que no había manera de probar antes. La verdad es que no nos sirvió de mucho. "Por favor, intente llamar de nuevo. La parte no contesta".

Si no hubiera estado pasando algo extraño, no me habría sorprendido que el servicio estuviera caído en las montañas, pero tal y como estaba me pregunté cómo de extendido estaba esto.

No había tráfico en la ruta 11. Era tarde, así que no fue una gran sorpresa, pero aun así, habría pensado que veríamos algo de tráfico.

Mientras conducíamos, le dije: "Volveremos atrás hasta llegar a la interestatal 81 y veremos cómo está el tráfico allí. De momento, echa un vistazo a la radio para ver qué hay".

No había muchas emisoras de radio por aquí, y sólo había música en la banda FM. "Long cool woman...", decía una canción. "Quería 13 pero consiguió 31", sonaba en otra emisora. Incluso sintonizamos una versión de una canción con el gancho: "Ahí está el vaso". Me recordó a mi juventud, cuando mi padre ponía la original en su fonógrafo, dándole cuerda y asegurándose de no rebobinar. Al oír la letra rasposa, no estaba seguro de cuál de mis hermanos se había quedado con el fonógrafo... *Bueno, sus hijos lo tendrían ahora*, pensé.

"Mierda, no hay nada", me devolvió al presente.

"Cambia a AM", le dije con expresión inexpresiva, olvidando lo joven que era. Ajusté la radio mientras le explicaba los distintos tipos de señales y le dije que, en cualquier caso, creía que la mayoría de las FM estaban automatizadas, mientras que las AM emitían programas en directo y noticiarios.

En el primer par de emisoras recibimos un aviso de emergencia: "....indoors. No se mezcle con personas desconocidas. No abra la puerta. Quédese en casa", decía una y otra vez.

La emisión enumeraba algunos condados, pero yo no sabía lo suficiente sobre el sur de Virginia como para saber qué condado era cuál.

"Hay un toque de queda en vigor. Todo el tráfico interestatal ha sido cerrado por el gobernador. Orden de emergencia para refugiarse en el lugar en George Wythe High School en Wytheville VA", dijo otra emisión.

"Recuerdo haber visto una señal para Wytheville. Probemos allí", dije, mientras seguíamos conduciendo. Reduje la marcha en una de las curvas y sentí su mano sobre la mía. Era agradable y necesitaba contacto humano.

Ella cambió de emisora, pero todas repetían lo mismo. Una decía que el gobernador hablaría a las 8 de la mañana.

Nos dirigimos hacia la interestatal. Estaba muy tranquila. No vi tráfico en la 81, ni hacia el norte ni hacia el sur. Pasamos por un par de sitios de comida rápida, pero estaban cerrados y no había nadie en la carretera.

Estaba a punto de girar hacia la 81 Norte y dirigirme a casa, cuando Jenny señaló el horizonte. Había luces que iluminaban toda la interestatal. Normalmente, esto se veía si alguien estaba trabajando en uno u otro carril, pero esto parecía algún tipo de puesto de control.

Como no estaba de humor para explicar por qué teníamos armas que pertenecían a alguien muerto, pensé que era mejor seguir por la Ruta 11, conducir hasta Wytheville y aparcar en algún sitio, y luego ir andando hasta la escuela. Comprobar la situación.

¿Dónde estaba? ¿La barricada? Tienes razón, eso fue en el área de descanso de Smyth Safety. No estoy seguro de que hubieras oído lo que pasó allí. Fue horrible. Sólo nos enteramos mucho más tarde, pero creo que tuvimos suerte de no intentar el 81 esa noche. Pensándolo bien, era un autobús escolar, ¿verdad? Niños que volvían tarde de un partido y, como nosotros, no sabían qué había pasado.

Creo que las tensiones eran altas porque los militares habían recibido un poco más de información y como nadie estaba preparado para esto no fue una sorpresa que murieran inocentes. Sí, sí, lo sé, si hubieran hecho lo que se les dijo y no hubieran montado una escena, creo que los militares se habrían dado cuenta de que esas cosas salían del bosque.

No sé cómo quieres llamarlos... He oído a algunas personas llamarlos ghouls, espectros y otras cosas. Para mí, creo que la gente simplemente no quería llamarlos como eran.

Me estoy adelantando. Maldición, lo siento. Debería borrar esta cinta y empezar de nuevo. No, siempre hacia adelante y todo eso. ¿Dónde estaba yo...? Sí, por suerte, tomamos la 11 hasta Wytheville. Fue espeluznante conducir hasta la ciudad. Todos los semáforos estaban apagados. Ninguna casa a la vista tenía una luz encendida.

En ese momento me pregunté cuánto tiempo llevaba ocurriendo algo así sin que lo supiéramos, y la verdad es que como ninguno de los dos habíamos escuchado las noticias en las doce horas anteriores, supongo que las cosas habían sucedido rápido.

Al principio se limitó a las zonas del sur de Virginia, Kentucky y Carolina del Norte. Había comenzado en una base militar. Eso fue lo que oí. Otro rumor que circulaba era que había sido un ataque terrorista, pero eso fue más tarde.

Conduje despacio. Ambos mantuvimos los ojos abiertos. Vi el letrero de la escuela al pasar por un campo de golf.

"Aparcaremos en el campo y nos acercaremos. A ver qué pasa", le dije a Jenny.

"¿Y las armas?", preguntó mientras bajábamos del coche.

"Las llevamos con nosotros. Cuando nos acerquemos, buscamos un lugar para esconderlas. Quizá una trampa de arena o algo así".

Nos dirigimos al otro lado del campo. Nunca he sido golfista y me reí, ya que sabía que debía llevar zapatos diferentes sobre la preciosa hierba. Mirando a nuestro alrededor mientras caminábamos, no vimos a nadie. Pasamos junto a un lago, pero no oí ranas, grillos ni pájaros.

Al detenerme en la última trampa de arena antes de la escuela, dije: "Miren a su alrededor y observen desde todas las direcciones dónde estamos. Marca esto en tu memoria. El coche está por allí. Voy a poner las llaves y las armas aquí".

Había cogido una toalla del maletero y envuelto en ella las pistolas y las llaves. No quería tener que lidiar con la arena más tarde.

Me abrazó y me dio un beso rápido en los labios. Me sorprendió, pero creo que me estaba diciendo: "Si me mantienes a salvo, te daré una recompensa".

Pero así hablo yo, un viejo cínico.

Caminamos una docena de metros a la derecha antes de seguir adelante. No quería que nadie que pudiera habernos visto cerca de la escuela se diera cuenta de dónde habíamos venido, para proteger la trampa de arena y el coche.

Subiendo una colina baja, pudimos ver la escuela y el campo

de fútbol. Había luces encendidas y varias hogueras pequeñas en barriles marcaban la carretera. Se habían colocado un par de bengalas de carretera, casi quemadas, para indicar dónde debía aparcar la gente.

Parecía que el primer grupo que había llegado había sido ordenado, pero los posteriores ni siquiera cerraron las puertas. Algunos aún tenían las luces de techo encendidas y las baterías descargadas.

Pasamos por delante de estos vehículos y no vimos a nadie dentro, ni en los coches que nos precedían.

Divisé a un agente de policía fuera de la escuela. Bueno, parecía un agente de policía que estaba doblando una esquina para dirigirse al otro lado de la escuela. Iba a gritar, pero no lo hice.

La puerta estaba cerrada, pero pude ver a alguien al otro lado dándonos la espalda. Llamé suavemente, pero no se dieron cuenta. Llamé con más fuerza.

En la parte de atrás de la chaqueta ponía Departamento del Sheriff de Wytheville, y ambos nos relajamos. Eso fue hasta que él, bueno, se dio la vuelta. Nos vio y empujó directamente a la puerta. Fue rápido. La puerta empujó hacia afuera, pero la cadena en el interior se mantuvo. Podíamos ver su cara en la ventana mientras sus dientes seguían mordisqueando el aire. Casi como si nos oliera. Su lengua bailaba dentro de su boca de la misma manera que la del cajero. Pude ver la saliva corriendo por la ventana mientras su lengua daba vueltas.

Di un paso atrás y sin querer tiré a Jenny al suelo. Agacharme para ayudarla a levantarse fue lo único que me salvó. El otro agente, el que había estado fuera, regresó e intentó agarrarme. Falló y tropezó con mis piernas cuando estaba agachado.

"Que me jodan", dije, agarrando el brazo de Jenny y tirando de ella para ponerla en pie.

"¡Vamos, vamos, vamos!" le grité, viendo al agente 1 levantarse y oyendo al agente 2, a sus mordiscos se unían ahora otros y la cadena crujía contra el peso de ellos.

Corrimos hacia la trampa de arena. El zombi. Sí, lo sé, no es un término políticamente correcto, pero permítanme repasar. Ningún signo real de inteligencia. Come gente, especialmente el cerebro y es muy difícil de matar. Eso es un zombi o cualquier héroe de acción de los 80. Me pregunto si alguno de ellos lo logró.

No nos estaban ganando. Eran rápidos para el primer golpe. Como una Venus atrapamoscas. Golpeaban rápido, pero a la larga los humanos éramos más rápidos.

Me estaba conteniendo mientras corría.

"Jenny, saca las armas. Voy a intentar distraerlo. Cuando las tengas, avísame y vendré a dispararle".

"Sé disparar", me gritó y eso respondió a la pregunta. Cuando llegó a la trampa de arena, grité un par de cosas que nunca gritarías si no estuvieras huyendo de un zombi, y agité los brazos.

Se volvió hacia mí, y lo mantuve en movimiento alrededor de la trampa de arena. Me di cuenta de que las puertas de la escuela estaban abiertas, y parecía que había habido mucha gente en el gimnasio.

Los informes posteriores decían que había trescientas setenta y cinco almas. Me gustaba que lo dijeran así. En fin, cuando dimos la vuelta de nuevo, vi que Jenny tenía la pistola en alto. Me giré y le grité "¡Bu!" al zombi, y que me aspen si no se paró un segundo a mirarme. Bueno, ahí había algo de inteligencia.

Jenny disparó y la primera le dio en el hombro. Le disparó otra vez cuando se dio la vuelta y empezó a arrastrarse hacia ella, el segundo disparo le dio en la cara y cayó. No nos quedamos a investigar si movía las piernas. Cogimos la segunda pistola y las llaves y corrimos hacia el coche. Detrás de nosotros, oímos que se acercaban más, pero la cadena nos había dado un poco de tiempo.

Cuando nos acercábamos a la sede del club, un anciano salió, evidentemente al oír el ruido. Vestido con pantalones cortos verdes, camisa de cuello blanco y zapatos de golf, llevaba un palo de golf. No lo llevaba para atacar. Más bien, él, o ella, lo arrastraba tras de sí, como si fuera a jugar una ronda. Su boca nos mordisqueó. Su lengua hizo el círculo. Le disparé con el revólver mientras huía. El primer disparo le dio en el hombro. Siguió avanzando. La segunda bala le dio en el cuello y siguió avanzando con el mismo sonido de mordisqueo y succión. La tercera le dio entre los ojos. Cuando cayó, fue como si alguien hubiera accionado un interruptor. Primero en movimiento, luego hacia abajo. Agarré el palo de golf al pasar. Sólo me quedaban unos pocos disparos para el revólver. Necesitaba otra arma.

Una vez en el coche, salimos del aparcamiento mientras los primeros zombis tropezaban con la cadena de la entrada. Era una de esas cadenas hechas para guiar a la gente sobre dónde aparcar, pero cuatro zombis la golpearon al mismo tiempo y cayeron. No fue lo más inteligente, por suerte, pensé.

No quería adentrarme más en la ciudad ni llegar a la interestatal, así que retrocedí un poco y tomé un desvío que decía algo lago. No recordaba el nombre, pero pensé que si había un lago, también podría haber cabañas donde pasar la noche.

CAPÍTULO 3
CASA DE JUEGOS

E l viaje no estuvo mal. No vimos nada que intentara matarnos, y la mayoría de las casas por las que pasamos habían oscurecido sus ventanas o tenían las luces apagadas. En la radio se oía un bucle en el que se hablaba del discurso del gobernador programado para la mañana siguiente.

Una señal indicaba una oficina principal mientras seguíamos un camino que subía y rodeaba el lago.

Junto al lago había varias cabañas que, al igual que las casas que habíamos atravesado, estaban a oscuras. Pensando que una era tan buena como las otras, conduje hasta la última y metí el coche en la entrada vacía.

No había visto ningún coche en las otras cabañas y le dije a Jenny que si acabábamos quedándonos, movería el coche hasta el aparcamiento, para que nadie que pasara por allí supiera que estábamos en una de las cabañas.

"¿Por qué no aparcarlo aquí?", preguntó ella.

"Uno de los mayores problemas en situaciones como ésta es la gente. Las hay buenas, pero también hay saqueadores y gente que sólo intenta sobrevivir... como nosotros. Gente que no tiene por qué estar donde está", dije, y continué diciendo que, con suerte, tendríamos buenas noticias por la mañana.

"Por ahora, revisemos la cabaña".

Ella se quedó con la escopeta. La había recargado, enseñándole cómo hacerlo, y le había dado más cartuchos. Yo llevaba el revólver y el palo de golf. Me acerqué a la puerta principal, la puse a ella a un lado y a mí al otro, y llamé suavemente. No oí a nadie dentro y volví a llamar: "Hola, no somos mala gente y seguimos vivos. ¿Hay alguien ahí? Si es así, probaremos en la siguiente cabaña".

Esperé un rato y nada. Me acerqué a las ventanas y puse la cara contra el cristal. Esto me daba miedo. Podía imaginarme a alguien viendo mi cara y explotándola, pero no pasó nada malo. Repetí mi mensaje golpeando la ventana.

La cabaña tenía dos ventanas delante, a ambos lados de la puerta. Nos movimos por la cabaña y no vimos nada ni a nadie. Había luna y podía ver bastante bien, así que mantuvimos apagada la linterna, una pequeña que llevaba en el llavero, mejor que nada.

Al ver algo colgando en el aire, levanté la mano. Era un cable. No un cable de alimentación, sino algo más. Jenny encendió la linterna. Era una tirolina.

"Esto podría haber sido un viaje divertido, si no fuera por los... ya sabes, zombis", le susurré.

La puerta trasera estaba cerrada y no hubo respuesta. Había tres ganchos para la tirolina colgados en la pared del fondo. Supongo que se llamaban ganchos, tal vez poleas. En cualquier caso, la dirección general de la línea parecía llevarte al lago que estaba a unos cientos de metros colina abajo.

"Me encantaría saber qué hay al final de esta línea. Mañana lo comprobamos".

"No soy un bebé", dijo, y me sorprendió. Viéndola con una escopeta, de pie junto a la puerta trasera de una cabaña que no era nuestra, la miré interrogativamente.

"Pero no des por sentado que estoy en esto contigo hasta el final. De acuerdo, te dejaré guiar por ahora, pero si creo que estás tomando la decisión equivocada, estoy fuera", dijo rápidamente, y me pregunté cuánto tiempo había estado conteniendo eso.

Dejé escapar una pequeña carcajada, no me había dado cuenta de que lo había estado reteniendo. Sabes, si lo piensas, era un poco gracioso. Aquí estaba yo con una mujer de la mitad de mi edad, apenas doce horas o así después de que me hubieran dicho que me estaba muriendo.

"Lo comprendo. Ya hablaremos. Por ahora, lo haremos a mi manera. Si tienes una idea mejor, soy todo oídos", dije y eso pareció satisfacerla.

Revisé las puertas y los marcos en busca de llaves de repuesto. También comprobé si las ventanas estaban abiertas. Me di cuenta de que las contraventanas podían cerrarse. No detendrían las cosas durante mucho tiempo, pero al menos bloquearían la luz, una vez dentro. Pero no encontré ninguna llave.

Cogí una toalla y nuestro equipaje del coche. No servía de mucho, pero teníamos una muda de ropa y si alguien se llevaba el coche, no se llevaba todo lo que teníamos. Saqué el bidón de gasolina del maletero. Rodeé la parte trasera de la cabina, cogí la toalla, la acerqué a uno de los cristales y lo golpeé con el palo de golf. El ruido del cristal al romperse fue mínimo, pero el trozo que golpeó el suelo del interior sí fue fuerte. Si hubiera habido algo más dentro, lo habríamos oído.

Desbloqueé la ventana y empecé a subir. "Es más fácil si voy yo", dijo ella, y aunque estuve de acuerdo, no me pareció muy de macho alfa. Iluminó el interior. No se veía nada. Cogí el revólver para que ella pudiera subir más fácilmente. Cuando estuvo dentro, se lo devolví para que al menos pudiera disparar un par de veces si algo se movía. Luego se agachó mientras yo disparaba desde la ventana con la escopeta. Eso es lo que pasaba por mi cabeza.

La estrategia no era necesaria y no había nadie ni zombis dentro. Ella abrió la puerta trasera. Cerré los postigos de la ventana rota y eché el pestillo desde dentro.

Ella volvió a cerrar la puerta mientras yo llevaba nuestras cosas a la mesa del centro de la cabaña. La cabaña tenía una distribución muy sencilla, una gran sala abierta que tenía la cocina, la mesa de la cocina y la zona de estar que te llevaba a la puerta principal, con dos habitaciones contiguas. Una habitación, la más grande, tenía una combinación de bañera y ducha, y por suerte, un aseo interior. Supuse que era una cabaña para parejas o gente con un par de niños. Todo parecía funcionar, pero como no había electricidad, no podía estar seguro. Los interruptores estaban encendidos, pero no había electricidad.

"Apuesto a que la apagan hasta que la gente se registra", dije.

El frigorífico estaba abierto. Tenía nevera y congelador, y los anteriores ocupantes o los limpiadores lo habían dejado abierto para que se ventilara. Cerré las puertas para que no estorbaran. Había agua en el fregadero y la cocina funcionaba con propano. El depósito estaba fuera.

Nos movimos rápidamente por la cabaña cogiendo todas las puertas como había visto hacer a la policía en las películas. Este método de entrada no era necesario, pero quizá fuera una buena práctica. Después de asegurarnos de que no había nadie ni nada en la cabaña, cerramos las contraventanas y echamos el pestillo.

La cabaña tenía un par de linternas a pilas, con cargador solar y manivelas para cargarlas. También tenían una radio con manivela y cargador solar.

Salí y le dije a través de la puerta que encendiera una de las luces. Luego le pedí que la apagara. Hicimos esto varias veces mientras yo iba rellenando con barro u hojas las grietas por donde salía la luz. No era perfecto, pero después de colocar nuestra toalla de supervivencia en la base de la puerta principal y otra que encontramos en la cabaña sobre la puerta trasera, apenas se escapaba luz de la cabaña.

"Vale, ya estamos en casa para pasar la noche. Vamos a ver qué tenemos para comer", dije sentándome. Esperaba que ella tomara asiento en la mesa. Había cuatro asientos, pero ella se acercó a mí, me indicó que girara un poco la silla y se sentó en mi regazo. Me rodeó el cuello con los brazos y, hundiendo la cara en mi pecho, empezó a temblar. La rodeé con mis brazos y... Bueno, no te preocupes por lo que le dije. Vale, que sepas que el sexo era lo último en lo que pensaba con el mundo derrumbándose a nuestro alrededor, pero tenerla en mi regazo me hizo feliz y no lo lamento. Espero que lo entiendas.

Maldición, ¿dónde estaba? Vale, el resto de la noche fue una mezcla de besarnos un poco. Principalmente para besar las lágrimas. Yo quería que ella durmiera un poco en uno de los dormitorios, pero ella no estaría lejos de mí, así que me senté en el sofá. Apoyó la cabeza en mi regazo y, al cabo de un rato, se durmió. Le dije que la despertaría dentro de unas horas para que vigilara.

Apagué las luces. Metí muchas cosas en mi mochila. No quería que tuviéramos que cargar con la vieja maleta que le había dado a Jenny y que una vez había pertenecido a Pam.

Habíamos hecho un plan: si pasaba algo saldríamos por detrás, correríamos por el lateral hasta el coche y saldríamos. Si eso no era una opción, iríamos a la tirolina y nos arriesgaríamos a ver qué había debajo.

Resultó que dormía profundamente, así que la dejé dormir mientras yo descansaba los ojos. Años atrás, había trabajado en un centro de despacho para una compañía eléctrica. El lema de nuestro turno de noche era: "Podemos dormitar, pero nunca cerrar", y descubrí que podía conciliar el sueño y despertarme si oía algo.

No oí nada y ella se despertó cuando salía el sol. Me miró, con mi mano rozándole suavemente el pelo. Debí de empezar a hacerlo mientras dormía. Maldita sea, soy un viejo tonto. De todos modos, sus ojos brillando me hicieron sonreír.

"Me alegro de haberte encontrado", le dije, sin pensar en nada más que en lo feliz que me sentía en aquel momento.

Quiero decir, joder, me estaba muriendo, así que para mí, no importaba si el resto del mundo se iba a la mierda. No podía pensar en un lugar mejor para estar que esta cabaña con una hermosa joven.

Se dio la vuelta sobre su espalda, me miró y me preguntó: "Háblame de tu vida anterior y de por qué decidiste escaparte conmigo ayer".

Le conté algo. Que había estado casado y que tenía muchos planes para viajar, pero que la vida había pasado y habíamos acabado estancados hasta que mi mujer falleció. Sin saber nada mejor, seguí trabajando. Cuando la vi a ella y a Todd, no pude dejar que la golpeara.

"Solía hacerlo mucho", me dijo, "no sé por qué se lo permitía. Supongo que era porque mi mamá dejaba que mi padrastro le pegara. Incluso me pegaba a mí. Pero hoy había algo. Creo que cuando te vi, tu mirada me dio valor".

Ella soltó una risita y dijo: "Parecías tan cabreada, ¿era por Todd?".

"No, es que antes he tenido tratos con otro gilipollas y, con un poco de suerte, no volveré a verle. Vamos a ver qué se nos ocurre para desayunar y luego movemos el coche. Tenemos comida suficiente para un par de días y una vez que sepamos lo que dice el gobernador... Ya sabes que yo no voté a ese tipo... En fin, una vez que veamos lo que tiene que decir, planearemos a partir de ahí".

Para evitar que hablara de política y quizá porque le gustaba, se inclinó hacia mí, dándome su primer beso de verdad. Ninguno de los dos pensó en que teníamos aliento matutino. Nos abrazamos, sin movernos, sólo besándonos y abrazándonos.

Le susurré: "El desayuno puede esperar".

Y ella me susurró sin aliento. "¿Hay colchones en alguna de las camas?"

Había colchones e incluso encontramos sábanas en las cómodas. Nos tomamos tiempo para lavarnos los dientes y dejé que ella se refrescara. Los dos estábamos tranquilos, pero fue muy apasionado y siento decir que me enamoré un poco de ella y después me sentí culpable porque mi mujer había fallecido demasiado pronto.

Después, nos quedamos tumbados escuchando la radio. Las emisoras de FM seguían poniendo música. *Lo hará hasta que se agoten las pilas o se apaguen los generadores*, pensé, pero no se lo mencioné a Jenny. Nos quedamos abrazados, escuchando los sonidos que nos rodeaban, relajándonos en la calma que precedía a la tormenta que sabíamos que se avecinaba.

CAPÍTULO 4
HOLA VECINO

E l discurso del gobernador no fue nada especial. Parecía grabado. No hubo preguntas y fue muy seco. Dijo cosas como "Refugio en el lugar. No salgan" y "El CDC está trabajando en una cura". Si habíamos aprendido algo de Covid, sabíamos que el CDC en realidad no hacía eso. Se coordinaban con diferentes compañías farmacéuticas, pero en general, no tenía un buen presentimiento.

"No saben mucho, ¿verdad?". Dijo Jenny.

"No, no creo que lo sepan. Nos quedaremos aquí unos días y luego intentaremos volver a casa. Deberías haberme seducido un día antes y aún estaríamos en casa", dije. Pretendía que fuera una frase simpática para hacerla sonreír, pero en realidad nos hizo pensar más en lo cerca que estábamos de la muerte.

"¡Estará bien!" Hice hincapié en lo de vale para que supiera que lo decía en serio: "Cariño, no me queda nada, pero daré todo lo que tengo para encontrarte un lugar seguro. Te lo prometo".

"¿Por qué?", preguntó.

Me encogí de hombros y la abracé. La abracé y aspiré su aroma, intentando recuperar la sensación de felicidad que habíamos tenido.

Ella se puso a organizar nuestras pertenencias en la mochila.

Habíamos hecho un buen trabajo la noche anterior, pero quería que ella tuviera algo que hacer mientras yo revisaba la tirolina y movía el coche.

Al salir, la oí cerrar la puerta. Ella tenía las llaves del coche y acordamos dónde encontrarnos si pasaba algo en la cabaña. Acordamos un par de sitios y horas, así que si el primero no era posible, con suerte lo sería el segundo.

Demasiada planificación, pero espero que no la necesitemos, pensé mientras bajaba la colina. Coger la tirolina era una opción, pero no quería que nadie me viera volando entre los árboles, además apestaría si a mitad de camino viera que el fondo estaba lleno de zombis.

Sé que no te gusta esa palabra. Lo siento, pero ¿cómo los llamamos si no?

La tirolina llegaba hasta el fondo de la colina y la orilla del lago. Tomé la ruta directa y no perdí de vista por dónde iba. La tirolina zigzagueaba de un lado a otro. Supuse que no sería muy rápida.

Se detuvo al pie de la colina junto al lago. El lago era precioso, enmarcado por la arena. La tirolina terminaba seis metros antes de un muelle. Había un gran poste con un par de cojines. Aunque no era un montaje profesional, era muy agradable.

No había nadie ni nada en la playa. Caminando hacia él, me aseguré de que mis pisadas venían de lado. Me costó un poco volver a subir la colina y dar la vuelta, pero como los humanos se convierten fácilmente en depredadores, no quise tomar un camino que llevara directamente de vuelta.

El muelle era corto, lo bastante alejado del agua como para poder subir a una barca y salir flotando. El agua del muelle sólo tenía medio metro de profundidad. Las barcas parecían tener capacidad para tres o cuatro personas. Eran lo bastante anchas para que se sentaran dos en el centro, uno delante y otro detrás.

Estaban encadenados a un estante, pero no costó mucho esfuerzo soltarlos. Parecían en buen estado y tenían remos.

Los desencadené, una cosa menos que hacer si teníamos prisa por irnos. Pensé en esconder una de las barcas, pero supuse que si alguien la cogía, la necesitaría tanto como nosotros.

Escudriñé el lago en busca de una carretera o un sendero donde pudiera aparcar el coche. *No es el mejor tipo de vehículo para este tipo de viaje, pero funcionaría*, pensé mientras subía por el sendero. Pude ver indicios de que otras personas utilizaban este sendero. Un par de árboles estaban doblados porque la gente tiraba de ellos para subir por el sendero.

"Apuesto a que este lugar era divertido cuando estaba vivo", dije en voz alta, sin pensar. Cuando vives solo tanto tiempo como yo, a veces hablas solo, lo cual no es sorprendente.

La respuesta "Sí, lo era" sí me sorprendió.

No saqué el revólver del bolsillo del pantalón. Su bulto estaba cubierto por la camiseta que llevaba puesta, y no quería delatar nada.

"Quédate donde estás. Ponte más erguido si quieres. Para que Richard pueda dispararte si no haces caso o si eres uno de ellos", dijo un hombre. No pude verle.

Hice lo que me decían y tomé nota de cómo se refería a los zombis para futuras referencias. Uno de ellos.

"Soy Nick, y estoy aquí solo. Si esa de ahí arriba es tu cabaña, me voy", dije.

"Bueno, le diré a tu amiga lo que piensas de ella, pero te felicito por tratar de protegerla. Soy Wesley, mi hijo Richard te tiene cubierto. Por favor, dime por qué no debo hacer que te dispare -dijo, todavía sin salir donde pudiera verle. Llevaban un rato observándome y no les había oído. *Supongo que no era tan buena en el bosque como creía.*

No habían intentado hacerle daño, o habría oído la escopeta. Eso me hizo sentir un poco mejor.

"Me gustaría decirte por qué, de verdad que me gustaría, pero si estuviera en tu situación con un hijo al que proteger, creo que dispararía primero y preguntaría después. El único problema con eso es que sólo llevamos un día en lo que sea que esté pasando. Todavía podría haber policías y militares a los que responder. Así que vuelve a preguntarme dentro de un día o dos y tendré una respuesta mejor -dije mientras me quitaba la hierba de las manos y me la limpiaba en los pantalones.

Quería que se acostumbraran a verme en movimiento. Dudaba que pudiera matar a ambos con los dos tiros que me quedaban, pero tal vez pudiera hacer un disparo de advertencia para Jenny.

Wesley se echó a reír y salió de detrás de un árbol cercano. No podía ver con claridad, pero supuse que llevaba una pistola semiautomática en la mano. Bajó el arma y la enfundó.

"La cabaña en la que estás es de mi tío. La nuestra es la de enfrente. Te vimos llegar anoche y no te reconocimos. Queríamos ver qué estabas haciendo. Me gustó cómo tu primer instinto fue comprobar las salidas. Supongo que lo siguiente será mover el coche", dijo, como si me hubiera leído el pensamiento.

Sonreí diciendo: "Y si tienes un Burger King cerca, puede que vaya allí a comer".

Los dos nos reímos y él me miró. Sus ojos estaban muertos. "Mi hijo significa más para mí que tú, ella o cualquier otra persona del planeta. Te mataría en un santiamén si eso le salvara".

"Entiendo y siento lo mismo por la chica. Se llama Jenny", dije y me giré lentamente mientras Wesley le hacía señas a Richard para que saliera.

Sonreí. Richard no tenía pistola, rifle ni escopeta. Tenía un tirachinas de caza antiguo, de los que se usan con perdigones. Lo tenía armado y listo para disparar. Básicamente, se sujetaba el perdigón en la pequeña cazoleta de cuero o goma. Lo sujetabas sin apretar para mantener el proyectil en su sitio. Luego tirabas hacia atrás y la banda se estiraba. Apuntabas y disparabas.

De niño, podía acertar en una verja metálica a más de cien metros y penetrar en una sandía a quince pasos.

"Me gusta", dije, señalando el arma con la cabeza.

"Gracias, señor, papá me la regaló el año pasado y practicamos todo el tiempo". Sonrió con esa sonrisa torpe que tienen los chicos de doce o trece años. Un hombre, pero aún no un hombre. Me encantó la amenaza implícita y sonreí. "Tenemos comida, no suficiente para mucho tiempo, pero pensaba ir a algún sitio a por provisiones dentro de unos días. ¿Cómo estás de comida?" pregunté con tranquilidad. Sabía que era un tema delicado. No quería revelar demasiado.

"Estamos en el mismo barco que tú. Creo que si juntamos nuestra comida, los cuatro podríamos aguantar dos semanas con lo que tenemos, pero deberíamos intentar conseguir comida lo antes posible. Quién sabe cuánto va a durar esto".

"¿Has oído al gobernador..." No llegué a pronunciar toda la palabra antes de que Wesley escupiera al suelo y maldijera a nuestro maravilloso gobernador de Virginia. Me gustaba más.

Subimos la montaña. No habían oído a nadie más, y me sorprendió lo silenciosos que estaban en el bosque. Pensaba que yo era bueno, pero ellos eran muy buenos vigilando las ramitas y las hojas mientras caminaban.

Wesley, al notar que yo miraba a su hijo elegir el camino, dijo: "Venimos aquí todo el tiempo. Desde que murió su madre, es nuestra escapada de fin de semana. Jugamos a los soldados y al ejército. Todas las cosas divertidas que hacía de niño. Capturar la bandera, y cualquier otra cosa que se nos ocurra. Me dijo que algún día querría hacer la mili, así que pensé que no sería mala idea enseñarle todo lo que pudiera".

Sonrió mientras veía a su hijo subir la colina.

Dejé que me tuvieran en medio y no había sacado la pistola. Creo que Wesley lo vio, pero no dijo nada. A veces tienes un buen presentimiento sobre la gente, y yo lo tenía sobre ellos.

Richard levantó la mano con gesto militar para que dejáramos de movernos. Luego se llevó dos dedos a los ojos y señaló. Los dos miramos, esperando que no fueran zombis o los otros, como quiera que los llamara. Y no lo eran. Un conejo se encogió en la ladera de la colina como si el mundo no se hubiera acabado.

Richard retiró su tirachinas, miró a su padre, que asintió con la cabeza, enfocó y disparó. El conejo estaba a unos seis o siete metros colina arriba. Si Wesley y yo no nos hubiéramos detenido, habría huido, pero como Richard estaba por encima de nosotros, debía de estar esperando.

El disparo fue certero, el conejo se desplomó. "Buen tiro", susurré.

Me di cuenta de que ambos estaban orgullosos de sí mismos. Padre e hijo. Como debe ser.

Richard recogió el conejo, asegurándose de que estaba muerto. No importa cómo. He sido cazador y aprobé cómo lo hizo. No se puede recoger un animal que parece muerto. He oído de gente corneada por ciervos que creían muertos. A Richard le habían enseñado bien.

Llegamos a la cabaña y grité en voz baja: "Jenny, estos son amigos y trajeron comida". Luego di un pequeño silbido que significaba que estaba bien. Habíamos decidido que si a uno de nosotros nos apuntaban con una pistola, cualquier cosa que dijéramos que no fuera lo que nos decían los haría sospechar. Sólo silbaría si estuviera con alguien en quien pudiéramos confiar.

Ahora el problema es que no sé silbar, pero fue un intento, y ella se rió al abrir la puerta: "De verdad que no sabes silbar, ¿no?".

Les explicamos a nuestros nuevos amigos de qué se trataba.

Decidimos que Jenny y Richard se quedarían en la cabaña mientras Wesley y yo movíamos el coche y hacíamos una rápida carrera para comprar comida. Él tenía su semiautomática y yo le dije que sólo tenía unos pocos disparos para el revólver, a lo que él respondió: "Pasemos por la cabaña. Tengo algunas del 38, creo. Mi tío tenía uno el año pasado. Bueno, él tenía su .357 y como sabes si quieres ahorrar dinero en munición puedes hacer tiro al blanco con .38 en un revólver 357".

Eso ya lo sabía, pero agradecí sus conocimientos.

"¿Siempre conociste el bosque?"

Richard se echó a reír. Estaba bebiendo un refresco que le salía por la nariz. Parecía que él y su padre habían estado intentando dejar los refrescos y ahora que el mundo estaba en el estado en que estaba, se decidió que podía tomar uno de los nuestros.

Richard se dio una palmada en la rodilla y señaló a su padre. "Con un nombre como...", luego se rió y finalmente dijo: "Con un nombre como Wesley. Vamos hombre, eres más listo que eso. Papá creció con cucharas de plata y oro, como suele decirse. A la familia de mamá le gustaba cazar y pescar e incluso mamá era una tiradora de primera... En fin, papá es un tipo de ciudad". Lo dijo con toda la voz adulta y tensa que pudo reunir y añadió: "Como es de ciudad, sacó todos sus conocimientos de los libros, y luego mis tíos por parte de mamá nos enseñaron el resto."

Por la reacción de Wesley, me di cuenta de que le alegraba volver a ver reír a su hijo y añadió: "Tiene razón, yo no sabía más que a lo que había jugado de pequeño, así que cuando conocí a su madre en la universidad y descubrí lo mucho que le gustaban los bosques y la naturaleza le dije que me encantaban. Le di mucha importancia a lo bien que se me daba el bosque". Sonrió al recordarlo. "Y esa noche fui a una librería de segunda mano y compré la serie de libros Foxfire. Si alguna vez los has leído, son los primeros que te enseñan todo, desde cómo aderezar un cerdo, hasta la construcción de una cabaña de troncos y la tradición de las serpientes. Instrucciones paso a paso. Como puedes imaginar, cuando nos fuimos de acampada aquella primera vez, yo estaba hecho un lío...".

Su hijo, que se había recuperado, continuó la historia: "Le llevaron a cazar agachadizas, ¿puede creerlo, señor? Agachadizas. Mis tíos lo llevaron al centro de su propiedad, le dieron un saco y le dijeron que se lo llevarían. Que lo sintiera correr en el saco y que lo cerrara en cuanto hubiera algo dentro", dijo y le dio un golpecito en el pecho a su padre para que continuara.

"Me dejaron ahí fuera durante cuatro horas. Encontré el camino de vuelta a su casa, y Sara me abrazó y me dio la mejor taza de té que había tomado en mi vida. Súper dulce. De las que te hacen mover los dedos de los pies. Estuvimos juntas hasta el año pasado. Ella y sus tíos me enseñaron, ayudaron a enseñar a Richard todo lo que pudieron antes de partir al extranjero".

"¿Soldados?" preguntó Jenny.

"Sí, mamá", dijo Richard, lo que le valió un pellizco en el brazo.

"Llámame Jenny, no soy mucho mayor que tú", dijo ella.

El ceño de Richard se frunció y sonrió cuando ella añadió: "También tenemos pasteles de luna. Si te gustan".

Como iban a ser amigos rápidamente, acordamos un nuevo código para entrar. Le dije a Jenny que intentara mantener el olor a conejo al mínimo.

"Sé que quieres hacerlo bien, pero no necesitamos el olor de la carne cocinándose flotando por todo el lugar. Intenta hacer algo como una sopa, algo que puedas tapar", le dije, saliendo. Me sorprendí un poco cuando se acercó corriendo y me besó.

No me importaba que ahora fuéramos más, pero eran extraños, y el afecto no era algo que estuviera acostumbrado a mostrar a los demás.

"Vuelve conmigo", me susurró al oído, antes de volver a entrar.

"¿Arriba o abajo?" Bromeé con Wesley, mientras nos dirigíamos a la ciudad.

CAPÍTULO 5
COMIDA PARA ZOMBIS

Decidimos probar la combinación de cafetería y gasolinera en la que Jenny y yo habíamos parado antes. Había puesto el cartel de cerrado. Quién sabía, tal vez lo habían dejado solo. No vimos ningún tráfico en la Ruta 11 después de bajar por la carretera de montaña. Esperaba ver a alguien, pero nada. Al menos, las calles no estaban cubiertas de zombis. La banda FM todavía tenía música, pero ahora había menos emisoras. En AM, no había nada nuevo, así que la apagamos.

"Sabes, si esto sigue así, voy a conseguir algo más que este descapotable. Me gusta y es divertido, pero no es práctico para el fin del mundo", dije, bajando un poco la ventanilla. No mucho, porque no quería que nada me metiera el brazo si me detenía. Wesley me miró raro durante un segundo. Supongo que su sentido del humor no era el mismo que el mío. *Ah, bueno.*

"¿De verdad crees que es esto? Espero que no. No por mi bien, sino por el de Richard".

"Lo sé, y no estoy seguro. Mi esperanza es que sea algo localizado. ¿Te has dado cuenta de que los servicios de emergencia no dicen: 'Oh, California es perfecta, o Nueva York está bien, o incluso Hawai dice Aloha' Eso realmente me preocupa. De todos modos, aquí está, sólo puedo ver el mismo camión que estaba aquí antes".

Aparqué y salimos. El perro estaba sentado junto al camión, le hice un gesto para que viniera hacia mí y echó a correr. Volví a aparcar junto a los surtidores. Pensé que podríamos volver a repostar. Dudaba que pudiera llenar más de uno o dos litros, pero mejor tenerlos que no tenerlos.

Por el camino, le conté a Wesley la distribución de la tienda y lo que podríamos conseguir allí. Abriendo el maletero del Mustang, cogió su bidón de gasolina y lo puso junto al surtidor.

El cartel aún decía cerrado y no podía saber si había entrado alguien más o no. Wesley había sacado su semiautomática y yo tenía el revólver. Nunca lo había mirado para saber el nombre. Era una Ruger. Al principio pensé que lo tiraría cuando estuviera vacío, o más bien que se lo arrojaría a un zombi, pero como tenía seis cartuchos y media caja de balas en el bolsillo, decidí conservarlo. No era el arma más rápida de recargar, pero era mejor que nada. Tenía mi fiel palo de golf en la mano cuando abrí la puerta.

El interior estaba igual. No estaba seguro de si alguien había cogido algo de las estanterías. Registramos rápidamente el lugar y al no encontrar nada vivo o recién muerto, encendí los surtidores de gasolina. Wesley salió a repostar el coche y su bidón mientras yo comprobaba algo.

El dueño del camión que se había pegado un tiro seguía en la cocina. Me fijé en Twitch. Así era como había apodado al zombi cuyo pie había estado temblando y, efectivamente, seguía haciéndolo. La lengua era algo horrible de ver dando vueltas y vueltas. Me di cuenta de que sus brazos también se movían un poco.

El dueño del camión seguía donde lo había dejado. Buscar sus llaves no fue muy divertido, pero las encontré. El camión parecía tener sólo unos diez años. No había mucho que pudiera ir mal con uno de estos a menos que se oxidaran. Eso era lo que normalmente mataba a este tipo de camiones.

Encendí el segundo surtidor y salí. Wesley estaba poniendo la lata de gasolina en el Mustang. Saludé al camión y me entendió.

Abrí la puerta para entrar y el perro pasó volando a mi lado y entró en el camión. Se giró y se sentó mirando al parabrisas, como diciendo: "Vamos".

Me reí y subí. Por un segundo, me puse tenso. Esperaba que el perro no hubiera decidido que esta era su camioneta y no me dejara conducir, pero evidentemente, solo le gustaba montar.

Aparqué junto a los surtidores, salí y dejé la puerta abierta. Supuse que podría entrar o salir si quería.

Observamos la zona mientras llenábamos el camión. Cuando terminamos, me subí junto al perro y Wesley condujo el coche por la parte trasera de la cafetería.

Cuando había estado antes en la cocina, había dejado abierta la puerta trasera. A un lado había un congelador con un pequeño almacén. Pensé que era más fácil sacar todo por la parte de atrás que arrastrar nuestro botín por la tienda.

Cargamos las latas y los artículos pesados en la parte trasera del camión, y los artículos más pequeños en el coche. Recogimos bolsas de patatas fritas y caramelos. Lo sé, lo sé. ¿Caramelos? Pero si el mundo se acababa, ¿por qué no disfrutar de las pequeñas cosas? De hecho, empecé a coger un paquete de cigarrillos, pero decidí no ser ese tipo. Cogí unos cuantos mecheros y butano extra.

Me estaba moviendo cuando Wesley fue a abrir el congelador. No había pensado en ello. Cuando la puerta del congelador empezó a abrirse por sí sola, desenfundé inmediatamente mi pistola. Los ojos de Wesley se convirtieron en platillos, y por un momento probablemente pensó que me había vuelto loco, pero cuando vio el brazo que le alcanzaba, se alegró de que hubiera sacado mi arma.

Saltando hacia atrás, tropezó con una caja que había colocado en el suelo.

Llevaba el cabello largo. Llevaba un uniforme corto de

camarera, y creo que podría haber sido guapa en algún momento. Su etiqueta decía "Mags".

Se preguntarán cómo tuve tiempo de leer su etiqueta. Bueno, estaba congelada. Como todavía había electricidad en la cafetería y en las bombas, el congelador todavía estaba frío. No pude ver ninguna marca de mordisco en ella mientras salía lentamente del congelador. Se volvió para mirarme. Sus ojos estaban muertos. Sabía lo que había pasado. Tenía una venda en el brazo. El primero que la había mordido, el camionero, debió de vendarle la herida y luego le dijo que se escondiera en el congelador. O no se abrió desde dentro, o el cambio se había producido rápidamente. Tendría que comprobarlo.

Por ahora, le dije: "Lo siento, Mags", y le disparé entre los ojos. En realidad pude colocar el arma justo contra su cráneo. Bueno, una pulgada atrás. Pero lo que quería hacer era verificar si un disparo en el cerebro los mataría.

Lo hizo y ella cayó como una tonelada de ladrillos. Su cara fue lo que más me impactó. Había arañazos en su cara, y pude ver la carne que se había arrancado en sus manos y boca. Había estado masticando cuando salió del congelador.

"Joder", le dije a Wesley ayudándole a levantarse, "Se ha congelado hasta morir ahí dentro y luego se ha convertido en zombi y la única comida que ha tenido es su propia carne".

"Joder", dijimos los dos al unísono.

No encontramos mucho más en el congelador. Los dos estábamos un poco en shock. Cuando salimos, llevando la última carga, ninguno de los dos nos dimos cuenta de que llegaban los camiones. Aún nos zumbaban los oídos por el disparo. Quizá habían llegado todos al mismo tiempo.

Eran cuatro. Tres estaban sacando cosas de la parte trasera de mi camión. El cuarto hacía guardia. Tenía un rifle de caza apuntando al suelo delante de sus pies. La mira tenía al menos diez aumentos. Me pareció un arma extraña, pero quién sabía.

"Hay de sobra para todos", dijo Wesley. Se notaba que no

quería problemas. Los tres dejaron de moverse y se quedaron allí de pie, sujetando las cajas que tenían. Uno escupió algún tipo de tabaco al suelo y sonrió.

Yo no me moví. No dije nada, quería ver qué hacían primero. El mundo se acababa. Tal vez fuera el fin de los tiempos, pero sólo habían pasado veinticuatro horas más o menos y la gente no podía estar tan loca.

El líder, bueno, supuse que era el jefe ya que iba armado y no estaba haciendo ningún trabajo, empezó a levantar el cañón de su arma. Wesley seguía hablando, y la verdad es que no sabía lo que decía. Estaba mirando el rifle. Si el tipo era tan tonto como para intentar usar la mira a esta distancia, podía dispararle y recargar y volver a dispararle. Aún así, parecía que iba a intentar disparar desde la cadera. Apuntar y disparar.

En cuanto vi que el cañón del arma se movía hacia arriba, noté que Wesley daba un paso atrás. Lancé la caja que tenía hacia delante, lo más probable es que no con la suficiente fuerza como para llegar al rifle, pero esperaba que el instinto se impusiera y el tipo viera que algo volaba hacia él y retrocediera o se detuviera.

El líder levantó el rifle y estaba a punto de disparar cuando uno de los tarros de la caja golpeó el suelo y se hizo añicos. Al instante se olían los pepinillos. De todos modos, no disparó y ese medio segundo extra fue todo lo que necesité. En cuanto le empujé la caja, desenfundé mi revólver. Le disparé dos veces, una en la cabeza y otra en el pecho.

Wesley también se movía. Sacó su propia pistola y disparó al segundo tipo en el costado antes de que tuviera oportunidad de soltar la caja. Los otros dos salieron corriendo. Les disparé por la espalda.

Wesley se volvió hacia mí, me apretó contra la pared de la tienda y dijo: "Estaban huyendo".

Esperé mientras seguía empujándome contra la pared. Podía imaginar lo que pasaba por su cabeza. Lo mismo que estaba seguro que había pasado por la mía. Pero la diferencia era que yo había llegado primero. Entonces él dijo: "¿Pero correr hacia dónde y para qué?".

"Exacto", dije mientras me volvía a poner la camiseta en su sitio. "No sabemos de dónde vienen ni con quién estaban. Creo que deberíamos darnos prisa y salir de aquí".

Cogimos nuestras cosas de su camión y las volvimos a meter en el mío. Cogí el rifle del líder. Tenía una caja de cartuchos en la parte delantera. El arma parecía un .308, pero como sabes, yo no era una persona de armas. Los otros dos tenían semiautomáticas, pero no estaban ni de lejos en tan buen estado como la de Wesley. Me preguntaba si las habían disparado antes o si las habían limpiado después de dispararlas.

Las cogimos porque nunca estaba de más tener armas de más. Wesley condujo el coche y yo abrí la puerta del camión. El perro no aparecía por ninguna parte. Supuse que había huido al abrir la puerta. Lo llamé, pero no volvió y no sabía cómo se llamaba.

Realmente esperaba que volviera. Como no lo hizo, cogí un par de latas de comida para perros que había cogido de las estanterías de la gasolinera y las abrí, vertiéndolas en el suelo. Pensé que las encontraría.

Acordamos separarnos. Wesley iría primero y yo le seguiría unos minutos después. Si alguien nos seguía, podríamos tener suerte y encontrarlos.

Nadie lo hizo, y tal vez sólo tuvimos suerte eludiendo a los demás. Si los tipos que habíamos encontrado formaban parte de otro grupo, no queríamos que supieran adónde íbamos.

Me encontré con Wesley en la carretera frente al Tobogán de la Vida. Dejamos allí el camión, ocultándolo lo mejor que pudimos, con provisiones a bordo.

"Si tenemos que irnos, al menos tendremos comida y agua".

Aparcamos en una zona que había sido talada, para dejar paso a las líneas eléctricas. La forma en que habían cortado a través de las montañas parecía horrible, pero como ahora tenía un todoterreno, pensé que un viaje campo a través no estaba fuera de cuestión.

"¿Carreteras? ¿Quién necesita carreteras?" dije en voz alta y los dos nos reímos, habiendo pensado lo mismo.

"No sería tan fácil como conducir un domingo. Pero tengo algunas herramientas para cercar. Si podemos abrir las vallas lo suficiente para que pase el camión y cerrarlas detrás de nosotros, podremos acampar donde a la gente ni se le ocurriría ir. Últimamente ha estado seco. Creo que podríamos lograrlo".

Ese era nuestro plan alternativo. Intentaríamos llegar a la carretera principal en unos días, pero en el peor de los casos, si las cosas iban mal en las cabañas, sería el momento de ensuciar los neumáticos.

Dimos la vuelta con el coche y nos aseguramos de que nadie nos seguía. En la cima de la colina, tiré de él alrededor del lado de la cabaña. Estaba fuera de la vista y esto nos dio múltiples opciones.

Cuando Jenny abrió la puerta, me llegó el olor a comida y me di cuenta del hambre que tenía. Rápidamente entramos con nuestro botín y descargamos las cosas del congelador. Me imaginé helado de postre, pero dejé el resto para más tarde.

"Huele de maravilla", dije cuando estuvimos dentro, y vi que Jenny ponía una toalla en la base de la puerta.

"La figura reduce un poco el olor", dijo, acercándose y besándome. "Cariño, cuéntame cómo te ha ido el día", dijo, imitando a una de las viejas esposas de los programas de televisión.

Miré a mi alrededor y le dije: "No hasta que tenga mi martini y mis zapatillas".

Esa noche disfrutamos de la cena y los días siguientes fueron bien. No fue hasta varias semanas después cuando descubrimos lo grave que era. Wesley o Jenny y yo hacíamos viajes rápidos para ver si las carreteras estaban abiertas, o si había más gente moviéndose, pero no veíamos a nadie. O todo el mundo estaba muerto, o la gente se estaba tomando el bloqueo mucho más en serio que cuando se produjo el primer ataque del Covid.

Escuchar las emisiones de emergencia formaba parte de nuestra rutina. Empezaban a las nueve de la mañana, a mediodía y a las cinco de la tarde. Normalmente ponían la misma grabación con alguna información nueva. "La causa sigue siendo desconocida", "El Congreso está bloqueado", "El Presidente y el Vicepresidente dicen que la ayuda está en camino". Estos mensajes parecían diseñados para tranquilizar a la gente. No se hablaba de la extensión del brote.

Varias semanas después, sintonizamos justo después del desayuno. Esta vez no había grabación, era en directo. Hacía tiempo que nos preguntábamos por qué no teníamos noticias del presidente, del Congreso o de cualquier otro funcionario que no fuera el gobernador y su equipo.

Nos habíamos perdido el principio porque la transmisión había sido la misma durante tanto tiempo: "Permanezcan en casa, todo irá bien. El CDC está trabajando en ello". Pero esta vez no.

Wesley reconoció inmediatamente la voz porque había hecho campaña para el vicegobernador.

"Lamento informar que el gobernador ha enfermado. Se le practicará la eutanasia esta tarde. Si alguien está enfermo con fiebre alta durante más de veinticuatro horas, debe ser eutanasiado."

CAPÍTULO 6
EL AVERNO EN UNA CESTA

Bueno, puedes adivinar nuestra reacción. Al principio, hubo incredulidad. ¿Habíamos oído bien? ¿El gobierno le dijo a la gente que practicara la eutanasia a los enfermos y las autoridades vendrían a recoger los restos y llevarlos a instalaciones estatales?

Era una locura. Envuélvanse y dejen los cadáveres en la calle, o en la puerta de su casa, había dicho. El Grupo Y, una combinación de varios cuerpos de seguridad del Estado, se encargaría de recogerlos.

Cualquiera con síntomas activos no debería participar. Debían ser encerrados donde estaban, o abandonados a la intemperie. Ya no eran miembros de la familia. No eran amigos. Eran los infectados y no había cura.

Decidimos quedarnos donde estábamos hasta que la gente o los otros nos obligaran a movernos. Especulamos sobre los mejores lugares de Estados Unidos para sobrevivir durante largos periodos de tiempo, y pensamos que era mejor quedarnos donde estábamos.

A Jenny se le ocurrió una idea, y no pude reprochársela. "No hay electricidad, ni Internet, ni teléfonos. Tenemos que ir a la biblioteca. Puede que tengan una en el pueblo. Y si no, seguro que tienen una en la escuela. Necesitamos libros. Necesitamos saber cómo sobrevivir. Como los libros de Fox Fire que tenía Wesley, y otros -dijo, mirándome con unos ojos que me entristecieron y me alegraron al mismo tiempo.

En aquel momento todavía me sentía bien. Según el gilipollas, mi médico, si te acuerdas de él, lo que yo tenía era como una bomba de relojería. Recuerdo que me dijo: "Si no te tratas, seguirás adelante y simplemente morirás. Así que necesitas tratamiento". Y fue entonces cuando le di un puñetazo.

Vale, no le di un puñetazo, pero lo pensé.

No podía culparla por querer encontrar libros y deseaba que hubiera una tienda de electrónica o algún lugar donde pudiéramos encontrar una radio de radioaficionado. El padre de mi amigo había tenido una cuando yo era niño y solía hablar con gente de todo el mundo, pero entrar en ella sin electricidad era muy probable que no fuera posible.

El camión, por desgracia, no tenía radio CB.

Quería dejar a Jenny y al niño en la cabina, pero ninguno de los dos quería. Como el viaje iba a ser largo, ¿y si no regresábamos? ¿Dónde quedarían ellos?

Cogimos el descapotable y decidimos que esta vez buscaríamos un coche nuevo. Algo con cuatro puertas y techo. Todavía había comida de sobra. No necesitábamos aprovisionarnos. A menos que alguien hubiera encontrado el camión, todavía estaba lleno de provisiones.

Por el camino, dije: "Si las cosas van mal, damos la vuelta y volvemos a la cabaña. Si, por alguna razón, nos separamos". Señalé un par de lugares mientras conducíamos y dije: "Lugar de encuentro 3, luego 2 y 1", a medida que nos acercábamos al pueblo. Los numeré en orden inverso, sin saber si eran seguros o no. Eran un lugar tan bueno como cualquier otro para esconderse en el tejado y esperar a quien tuviera coche.

Llegamos a la ciudad sobre las 8 de la mañana y decidimos ir primero a un par de concesionarios. Pensamos que la gente normal aún estaría durmiendo, y ¿quién sabía qué horario tenían los zombis?

No había tráfico. Nadie había levantado barricadas. Un par de coches que habían chocado contra postes de la luz y semáforos, las puertas colgaban abiertas, pero no había nadie en los coches y

"Simplemente extraño", dijo Wesley. "Esperaba ver más gente, cadáveres, o zombis, o algo así. La nada me hace pensar que quizá nos hemos saltado una orden de evacuación. Si lo piensas, podría haber sido eso. Quizá se dijo a la gente que saliera el primer día y se nos pasó".

Lo que dijo tenía más sentido que todo lo que yo estaba pensando. Me los imaginaba a todos en sus ataúdes esperando la puesta de sol. Pero me gustaba más su idea. Que todos estaban fuera de la ciudad excepto los saqueadores y las personas que se habían quedado encerradas en la escuela aquella noche.

El concesionario parecía estar vacío. Había varios Jeeps de cuatro puertas, y un par de camiones con cabina extendida. Vi un diesel que me hubiera encantado tener hace unos años, pero hacía demasiado ruido. Quería algo silencioso.

No había nada de valor en el coche. Habíamos traído los bidones de gasolina y planeábamos encontrar las llaves, repostar con los bidones y salir lo antes posible.

La puerta del concesionario estaba cerrada, y también las puertas laterales junto a los garajes. Preferí entrar por delante. Era todo de cristal y así podríamos ver si venía algo. Todos estaban en el vehículo y Jenny al volante. Corrí hacia la puerta, la golpeé varias veces y luego utilicé la llave de cruz del camión y golpeé la puerta de cristal.

Vale, sí, nunca había entrado a la fuerza y la llave de cruz volvió y casi me deja inconsciente. Así las cosas, me hizo sacudir la cabeza varias veces y cuando volví a mirar hacia el coche todo el mundo intentaba no reírse. Bueno, todos menos Jenny, que tenía las manos sobre la boca y se estaba riendo a carcajadas.

Haciendo un segundo intento, empujé el borde de la barra de

41

hierro entre la puerta y el marco y me apoyé en él tan fuerte como pude. Empujé hasta que oí un crujido. Lo hice en varios puntos más y golpeé el cristal. Esta vez se hizo añicos.

Mirando hacia atrás, esperaba ver aplausos, pero me encontré con falsos aplausos de golf. Cogí el revólver y esperé. Mirando a mi alrededor y esperando que alguien o algo saliera en cualquier momento, pero no pasó nada. *Vaya, qué apocalipsis zombi más aburrido.* Apenas podía creer lo que acababa de pensar mientras atravesaba la puerta rota.

Jenny y Wesley me siguieron. Richard se quedó en el coche. Tenía instrucciones de hacer sonar la bocina y luego entrar corriendo para reunirse con nosotros o arrancar el coche y salir pitando, dependiendo de lo que estuviera pasando.

Llevaba su tirachinas y no aceptaba otra arma. Después de verle matar unos cuantos conejos más, no dudé de su puntería. Pero me preocupaba que tuvieran que estar cerca para acertar un buen tiro.

"Al menos es tranquilo", dijo cuando hablamos de ello.

Ninguno de nosotros había trabajado nunca en un concesionario de coches, así que tardamos un rato en encontrar la caja de llaves y, después de abrirla, encontramos llaves que podrían haber servido para los camiones más prometedores.

Volvimos a la sala de exposición y pulsamos las teclas, esperando oír ese pitido familiar que emiten los coches para avisarte de que el vehículo estaba abierto.

Encontramos un camión que respondía a una de las llaves. Richard corrió hacia el camión, lo arrancó y lo puso al lado del 4x4 de cuatro puertas y plataforma corta. No estaba seguro de si se llamaba crew cab. No importaba. El camión tenía puertas de verdad. Ya sabes. No del tipo que sólo se abren por detrás si las de delante ya están abiertas.

Lo mejor de todo es que tenía una tapa de cierre para la cama, un panel de metal negro que se plegaba hacia arriba o hacia abajo y en el que podías guardar tus cosas. Podría haber sido útil y, al menos, evitar que la mierda se cayera si íbamos campo a través.

Vaciamos en él los dos bidones de gasolina, que llenaban una cuarta parte del depósito, y tiramos los bidones a la parte de atrás.

Nuestro grand theft auto nos llevó un total de treinta minutos. No estaba mal para ser la primera vez. Jenny recordó que la biblioteca estaba entre una barbería y una tienda de segunda mano.

Hice una broma sobre no querer llevar la moda del año pasado. En realidad no tenía tanta gracia.

Delante de la biblioteca había más coches de los que esperaba. Estaban aparcados en la calle y en el aparcamiento adyacente y un segundo espacio más allá.

"¿Quizá usaron esto como zona de carga para la gente cuando evacuaron?". se preguntó Wesley.

La puerta de la biblioteca no estaba cerrada. Un cartel decía: "Café dentro, autobuses cada hora". Aquello no tenía sentido para mí, pero me hizo darme cuenta de que el pueblo podía haber estado vacío.

Menos mal que aún tenían catálogos de tarjetas en papel. Habíamos hecho una lista de los tipos de libros que necesitábamos. Había dado marcha atrás con el camión hasta la puerta.

"¡Cuatro ruedas motrices!" Dije con la voz del viejo Tim el de las herramientas y Richard añadió: "¡Más potencia!".

Miré al chico sorprendido y dijo: "Netflix".

Encontramos el catálogo de tarjetas, junto con café y donuts rancios. Hicimos un recorrido rápido, Wesley y yo, dejando a Jenny y Richard delante, para asegurarnos de que estábamos solos.

Corrí más que nunca. No había nadie ni nada en los pasillos. Comprobamos la parte delantera y la trasera. A menos que alguien o algo se escondiera encima de las estanterías, los pasillos eran seguros.

Richard y Jenny cogieron un carrito cada uno y empezaron a recorrer los pasillos. Richard era un ratón de biblioteca, así que se encargó de buscar clásicos junto con los libros técnicos que necesitábamos. De todas formas, leer todos los días el mismo folleto de ventas y la misma caja de cereales para desayunar se había vuelto aburrido.

Avanzaban a buen ritmo, llevamos una carga al camión y volvimos a por la segunda. Cogimos un montón de libros divertidos, algo para leer. Me había gustado mucho la serie Keep in the Light de David Musser. Les pedí los cuatro libros. Supongo que nunca escribió el quinto, pensé, y esperaba que siguiera escribiendo en alguna parte.

Terminamos y estábamos a punto de irnos cuando oímos un ruido. Lo sé, lo sé. Oíste un ruido y te fuiste, pero parecía que alguien gritaba pidiendo ayuda.

Rastreamos el sonido hasta un pasillo trasero que no habíamos comprobado. Había una sola puerta al final del pasillo. Un cartel decía: "Refugio de emergencia". Las letras eran viejas y descoloridas.

Les conté a todos que había oído hablar de lugares así, que habían quedado de los años cincuenta y sesenta. De hecho, había trabajado en uno que había sido reconvertido para albergar escritorios y ordenadores. No quería que todos se cayeran por las escaleras, así que se quedaron en el pasillo. Richard estaba más cerca de la puerta, con un juego de llaves del camión. Era de arranque y bloqueo automático, así que bastaba con que la llave estuviera cerca del vehículo para que funcionara. Supuse que Richard y Jenny podrían entrar y, dependiendo de lo rápido que tuviéramos que salir, ella podría conducir.

Abrí la puerta.

Nada me llamó la atención. Vi unas escaleras que conducían hacia abajo, como había esperado.

Estaba oscuro, así que encendí una linterna que habíamos encontrado en uno de nuestros viajes. No era supe brillante, pero supuse que en caso de apuro podría hacer saltar algo por los aires. Al fondo oí de nuevo el largo y prolongado "¡Ayuuuuuda!". La puerta tenía una simple cerradura de manivela. Probablemente también había una en el interior. Grité, pero supuse que quien estuviera dentro no podría oírme.

Al girar el mecanismo, la gran puerta de hierro, similar a la de la cámara acorazada de un banco, se abrió lentamente. Vi lo que antes eran varias personas. Un hombre estaba sentado en una jaula en el centro de la habitación. Tal vez la jaula había servido para proteger libros antiguos. El hombre parecía haber sido una vez muy gordo, pero había perdido mucho peso. Vi varios recipientes vacíos de agua, raciones militares y un cubo en la jaula. La habitación estaba iluminada con una linterna similar a la que teníamos nosotros. Al menos cinco zombis deambulaban alrededor de la jaula. Todos me miraban. Entonces me llegó el olor. Nunca olvidaré ese olor.

"¡Gracias a Dios!" gritó y eso los distrajo por un segundo. Disparé al primero antes de que pudiera moverse y le di en el hombro. Luego me tomé mi tiempo y le disparé en la cabeza, y cayó. Los otros venían hacia la puerta. Se movían despacio, pero con determinación. Tomándome mi tiempo, derribé a otro. No oía lo que gritaba el tipo, que me apuntaba frenéticamente.

Disparé y derribé a otro. Quedaban dos más, pero entonces me di cuenta de a qué estaba apuntando. Sentí un apretón en el brazo de la linterna, vi la boca dirigirse hacia mi mano mientras disparaba. Sentí la bala pasar entre mis dedos y el zombi cayó, pero no se soltó. Tiré y tiré, pero no pude liberarme, así que empecé a retroceder, arrastrando al zombi conmigo. Los otros dos avanzaban cojeando, moviéndose lentamente con la boca haciendo el mismo gesto de masticar y la lengua arremolinándose como había observado antes. Ahora mismo no podía oírlos ni nada, pero me daba asco imaginármelos y el olor de los maravillosos libros había desaparecido. Sólo olía a inmundicia y excrementos.

Volví a disparar y caí uno más. Menos mal que no eran

rápidos. Cuando volví a disparar y oí el chasquido de acertar una bala ya disparada, se me cayó el estómago a los pies. Intenté meter la mano en el bolsillo en busca de más balas, pero la mano seguía sujetándome y ahora que había llegado al último escalón estábamos atrapados.

Sentí otra mano detrás de mí y pensé en Pam. Sé que la gente piensa en cosas diferentes cuando va a morir. Pensé en mi mujer. Wesley no había seguido las instrucciones. Habíamos acordado que si oía más de un disparo, saldría corriendo como alma que lleva el diablo y me dejaría para convertirme en comida de zombis.

Pero se lanzó a la acción, tiró de mí hacia atrás y disparó al último. Luego, mirando hacia abajo, disparó al que estaba a mis pies. Evidentemente, no había conseguido un tiro perfecto entre los dedos de mi mano. *Por suerte aún tenía todos los dedos. Especialmente el de hurgar en la nariz,* pensé mientras empujaba al zombi. Se soltó después de que Wesley le hubiera disparado, algo que tuve que archivar para consultarlo más tarde.

Volví a cargar y, aunque ninguno de los dos podía oírme, comprendió que quería que volviera a subir y saliera para asegurarse de que todos los que estaban arriba estaban a salvo, y que les dijera a los demás que esta zona ya era segura, y que yo subiría enseguida.

No mencioné al tipo de la habitación y si Wesley le había oído pedir ayuda, nunca lo hizo saber.

Cogí la linterna de donde se me había caído y, al entrar en la habitación, me aseguré de que no había nada más escondido detrás de las paredes.

El hombre estaba hablando, pero le hice el gesto universal de "Shhh" con el dedo, luego me señalé los oídos y procedí a hacer algunas respiraciones y otras cosas que oí que ayudarían a quitar el zumbido. Tardé un poco, pero al final volví a oír.

Me miró, esperando que abriera la puerta, pero yo quería saber primero por qué estaba aquí.

Estaba intentando abrir la puerta. Le apunté con mi revólver.

No pude resistirme a citar un clásico del oeste: "No tan rápido, señor". No sé si entendió la referencia, pero se detuvo.

Aún pesaba unos treinta kilos de más. Llevaba una camisa de vestir, desabrochada, y vaqueros azules. Pude ver su chaqueta en un rincón, junto con un montón de raciones. Aún no estaba seguro de si llamaría a los demás para que bajáramos a coger lo que pudiéramos. Las raciones no parecían tan pesadas como las que habíamos cogido hasta ahora. *A ver qué nos dice*, pensé.

Miré a los zombis muertos de la habitación.

"No vi marcas de mordiscos en algunos de ellos. Me pregunto por qué". Le miré a los ojos. Sabía la respuesta, pero quería que me la dijera.

"No estoy seguro", tartamudeó.

"¿Qué te parece esto? Me cuentas lo que ha pasado y, si te creo, te llevo con nosotros". Sonrió, y yo continué: "Si no me gusta lo que dices, pero me pareces ligeramente repulsivo, te dejaré encerrado en la cámara". Negó con la cabeza y yo continué: "Si eres realmente repulsivo, te pegaré un tiro. Por favor, cuéntame tu historia".

"De verdad, vamos hombre, no sé cómo empezar. Sólo déjame salir de esta jaula. ¿Quién demonios te crees que eres?"

Le miré, levanté la pistola para ayudar a su motivación.

"Vale, vale. No me apuntes con la pistola. Tengo que retroceder un poco".

CAPÍTULO 7
HISTORIA DE UN BIBLIOTECARIO

La Guardia Nacional había sido activada varias semanas antes, y lo siguiente que supimos es que teníamos a un montón de militares en el pueblo diciéndole a todo el mundo lo que tenía que hacer. Empezaron a organizar autobuses y a repartir raciones a la gente.

La iglesia situada al final de la calle 9, en el otro extremo de la ciudad, era un punto de recogida y entrega, así que tenían raciones, junto con el instituto y la biblioteca.

Fuera lo que fuese lo que estaba pasando, acababa de empezar y nadie sabía nada. No pude sonsacarles mucho, ya que habían empezado a utilizar la zona como almacén. ¿Quién sabía que la Guardia Nacional tenía una lista de todos los lugares que solían tener un refugio antiaéreo?

Solíamos almacenar algunas impresiones raras aquí. Nada extremadamente valioso, pero algunos de ellos habrían ganado un par de miles en una subasta.

A uno de los soldados, no estoy seguro de su rango, o de si la gente se refería a él por su nombre o apellido, le llamaban "Stan el hombre". Podía encontrar cualquier cosa y siempre estaba al tanto.

Stan y yo estábamos charlando sobre una botella de whisky. Me gustaba tomar unas copas justo después de cerrar mientras ordenaba las estanterías. Disfrutaba de mi trabajo, y no había nada mejor que una agradable velada con un libro y un poco de whisky.

Stan empezó a contarme lo mal que estaba el sur. Fuera lo que fuese, había empezado en Jacksonville y se extendía por toda la costa.

"Creen que ciertos tipos de sangre podrían ser más resistentes a lo que se transmite por el aire, pero si alguien es mordido, o gravemente arañado, hay un 95% de posibilidades de que se convierta. La muerte normal es cosa del pasado", dijo con expresión sombría. Había envejecido más de la cuenta.

Hablamos más y más durante la noche, y me enseñó fotos en su móvil de algunos de ellos saliendo de sus tumbas. No sabía si me estaba tomando el pelo o no, pero los clips parecían reales y no como los de ninguna película que hubiera visto.

Estaban encontrando pueblos que tenían muy pocos infectados e inventariaban a todos. Mira, tengo un código de barras. Déjame levantarme la camisa. Justo aquí.

Como sea, después de obtener detalles personales de todos nosotros, empezaron a enviar autobuses. No sabía a dónde enviaban a la gente. "Realmente es una mierda. Si yo fuera tú, Charlie", dijo.

"Perdona, ¿te he dicho mi nombre? Soy Charlie, el bibliotecario".

Continuó: "Si yo fuera tú, Charlie, me escondería aquí. Busca gente como tú, quizá una chica, y no cojas el último autobús".

Empecé a pensar más y más en esto a medida que los autobuses se alejaban. No sabía si habría cogido el autobús o no, pero tal y como estaban las cosas, no tuve oportunidad.

"Atención todo el mundo, atención. Si no tienen pase e intentan subir, les dispararán", decían por distintos altavoces. Había visto a mucha gente del pueblo subir a autobuses anteriores. Yo había sacado un número alto, así que estaría en el penúltimo o último autobús.

Me ofrecí voluntaria para hacer café y ayudar a distribuir la comida. La habíamos encerrado en la jaula para evitar que nadie se la llevara y me dieron una llave.

El autobús se detuvo y la gente fue subiendo de forma bastante ordenada hasta que la primera persona gritó. Se acercaba una masa de zombis. Algunos iban arrastrando los pies lentamente, pero otros se movían como putas estrellas del atletismo.

Stan me había dicho que, por lo que ellos sabían, su velocidad estaba relacionada con la forma en que habían girado. Los que habían sido mordidos morían lentamente y se movían despacio. Los que habían contraído la enfermedad morían y se transformaban en veinticuatro horas. Después de eso, se movían muy rápido.

Alguien gritó. Creo que era Martha McGowan, pero no estoy seguro, y la horda de zombis empezó a moverse mucho más rápido. Podía verlos correr calle arriba, con sus lenguas haciendo ese movimiento circular.

Stan dijo: "Será mejor que bajemos". Si podemos, volveremos a por ti. Aguanta todo lo que puedas".

Algunos más debieron oírle, porque me siguieron mientras me adentraba. No tenía ni idea de cuánto tardaría en venir alguien. Bajé corriendo las escaleras, dando dos y tres pasos a la vez. Conseguí abrir la puerta con un par de personas justo detrás de mí.

"Puto gilipollas", "Dónde vas", "Vienen los zombis", "Por favor, salva a mi hija". Esto último era lo peor que gritaban. Una mujer trató de empujar a su bebé en mis brazos.

No pude cerrar la puerta exterior, pero hice la jaula. Creo que pensaron que una vez en la habitación, cerrarían la puerta y todo iría bien. No esperaban que siguiera corriendo hacia la jaula.

Una vez dentro, cerré la puerta, eché el cerrojo y empecé a

apartar todo lo que pude de los bordes. No quería que nadie lo atravesara.

Los zombis los siguieron escaleras abajo. Oh, espera, no había ningún zombi muerto en las escaleras. Eso fue lo más gracioso. Se llevaron los cuerpos. Stan dijo que los científicos de la NASA habían informado que se comportaban como abejas u hormigas. Se llamaba necrofóresis.

Me había dicho que había estado en lugares que habían tenido veinte o treinta muertos. Cuando había vuelto al día siguiente para quemarlos, habían desaparecido. Nadie estaba seguro de adónde se los llevaban, pero era jodidamente espeluznante.

Estaban demasiado preocupados por los zombis de las escaleras como para preocuparse por mí. Me di cuenta de que el bebé y la mujer habían sido aplastados contra la pared del fondo mientras más y más gente intentaba entrar aquí. Por allí.

Los que estaban detrás de mí cerraron la puerta. En un último momento de "Oh, jódete", los que quedaban fuera golpearon el pestillo que impedía girar nuestra cerradura.

La puerta tenía un diseño terrible para un refugio antiaéreo, pero ¿qué sabía yo? Era el primer refugio antiaéreo en el que me encerraba.

Oímos gritos y ese sonido arrastrando los pies y luego todo se quedó en silencio. Fue entonces cuando se fijaron en mí. No me gustaba estar a oscuras, así que había encendido una de las luces de radio de manivela que había guardadas aquí abajo.

Todos se acercaron a la jaula en un instante. Intentaron pasar los brazos a través de ella. Intentaron coger la comida o a mí. Algunos me tiraban cosas. Unos pocos intentaron usar sus ropas para engancharse a algo.

"Calma, gente", les dije, "aquí hay mucha comida y mucha agua. Relájense y yo la distribuiré".

Y así lo hice. Empecé a repartirles comida, les dije que no sabía cuánto duraría esto y que quería asegurarme de que todos tuvieran comida.

Funcionó bastante bien durante las primeras veinticuatro horas. Pero cuando la gente tenía que ir al baño las cosas se ponían feas. Todavía podíamos oír a los zombis fuera. Teníamos bolsas para ello, pero ¿alguna vez has intentado cagar en una bolsa? En fin, no fue lo más divertido que he tenido.

Les dije, bueno, de hecho, les mentí que la Guardia Nacional volvería y que vendrían a buscarnos. Supuse que era improbable que eso ocurriera, pero como habían visto que Stan y yo éramos íntimos, tal vez él volvería.

Al tercer día, los ánimos volvieron a caldearse. "¿Quién te puso a cargo?", "¡Te voy a arruinar cuando esto termine!". Dijeron cosas peores. Una de las mujeres empezó a susurrarme por la noche lo buena que iba a ser conmigo. Me desabroché los pantalones, y ella me acariciaba suavemente al principio, pero entonces la zorra me agarró e intentó acercarme a los barrotes por la polla, para que su hombre pudiera agarrarme.

Estuvo cerca un rato, pero me zafé de ellos y los castigué. "Nada de comida para nadie durante doce horas", les dije. La siguiente vez que intentaron algo parecido, unos días después, les corté la comida y el agua durante veinticuatro horas.

Fue duro verlos a todos debilitarse, pero yo quería mantenerme fuerte, así que en algún momento pude abrir la puerta y ver lo de la cerradura. Tal vez podría usar mi caja de herramientas para desmontarla y abrirla desde dentro.

Sí, sí, tenía una caja de herramientas, justo aquí debajo. Se la habría dado, pero habrían desmontado la jaula.

Veamos, creo que estábamos en el día ocho o diez cuando algunos de los hombres empezaron a pelear. Les dije que pararan, les tiré mi bolsa de mierda, y realmente, sólo quería que las cosas estuvieran tranquilas. Hay que recordar que soy un lector, así que estando encerrado con todos esos libros, sólo necesitaba tranquilidad, y habría sido feliz.

Tenía una primera edición de Salem's Lot. No sabía nada de Shakespeare. Para mí, Salem's Lot era un maravilloso porno de palabras. Hacía tiempo que no lo leía y lo estaba deseando.

El cabrón 1 golpeó al cabrón 2 y le dijo que su mujer le había robado una chocolatina, y empezaron a pelearse. Entonces le arrancaron la camiseta a la mujer. Yo soy un tío y había pasado mucho tiempo y aunque ella seguía con el sujetador puesto, yo estaba bien excitado. No estaba prestando mucha atención a lo que pasaba. Lo siguiente que supe fue que una cuerda improvisada fue lanzada sobre mi cabeza desde atrás. Sólo uno de ellos estaba allí detrás. Tiró tan fuerte de mí hacia atrás que me golpeé la cabeza contra la jaula. Tuve suerte de tropezar o me habría tirado contra los barrotes. Habían hecho la cuerda con unos carteles viejos que estaban colgados. Me habían dicho que estaban cortando tela para papel higiénico.

Apagué las luces. Tengo dos de esas luces de manivela, y las había mantenido encendidas por el bien de todos, pero ahora me habían hecho esto a mí. Nos sumí a todos en la oscuridad y, a partir de entonces, sólo encendía la luz cuando tenía que irme o cuando me tiraban mierda u otra cosa.

No había nada demasiado duro fuera de la jaula, y me había construido una pequeña cama y un fuerte de suministros para tumbarme. Acostado allí, el olor disminuía un poco.

¿Qué...? ¿Tenía un plan? No, la verdad es que no. Supongo que si tenía un plan, era dejar que se debilitaran hasta que pudiera salir de la jaula y trabajar en la cerradura. Incluso pensé en cambiar de lugar con ellos, pero ¿sabes cuánto tarda la gente en debilitarse por inanición o falta de agua? Pues yo no lo sabía. Resultó que pasaron unos tres días hasta que algunos empezaron a desmayarse.

Me di cuenta de esto, y del hecho de que sus súplicas se habían debilitado.

Mi plan habría funcionado si el cabrón 1 no se hubiera apiadado de su mujer. Oí algo nuevo, un sonido de succión, y rápidamente encendí la luz. Su lengua daba vueltas y vueltas, y era muy rápida. Había sido la de la puerta. En fin, se estaba comiendo el brazo de su marido, y lo último que dijo fue: "Sólo lo hice para ayudarte a encontrar la paz".

El resto ya lo sabes. Oye, ¿qué estás haciendo? ¿Adónde vas? Vuelve aquí. Vuelve aquí. No puedes dejarme aquí. Voy a salir. Tengo mis herramientas. ¡Iré a buscarte!

¡No puedes dejaaaaarme!

CAPÍTULO 8
FUERA DE COMBATE

Su voz resonó en mis oídos mientras permanecía de pie junto a la puerta cerrada. "¡No puedes dejaaaaaarme!" Estaba seguro de que había contado su historia poniéndole todo el azúcar posible, así que puede que ocurriera así. Pero no vi ningún recipiente de comida abierto fuera de la jaula que no hubiera sido vaciado antes de ser tirado.

Ya había decidido no decirles a los demás lo de encerrarlo. Diría que estaba asustado y que quería esperar al autobús. Si alguno quería esperar con él, lo desaconsejaría. Dudaba que lo hicieran.

Cuando cerré la puerta, vi el pestillo del que había estado hablando y que había sido arreglado para que no se abriera desde dentro. Agachándome cogí los cordones de los zapatos de uno de los pies de los zombis. La historia de Stan de que se llevaban a sus muertos era escalofriante. Supongo que sólo podían hacerlo si la puerta estaba abierta o se podía empujar, ya que el zombi de la gasolinera seguía allí. De todos modos, aquí sin zapatos tendría que estar descalzo para su viaje. Até los cordones al pestillo. Incluso si el bibliotecario conseguía hacer funcionar sus herramientas para llegar al mecanismo y mover el pestillo, éste permanecería en su sitio.

Recibía aire de algún sitio, seguramente filtrado, y tenía comida y agua en abundancia. Una prisión de su propia creación, pensé que era apropiado.

"¿Va a venir?" preguntó Jenny, y yo negué con la cabeza: "Quiere esperar al autobús. Le dije dónde estábamos por si decidía unirse a nosotros".

"Creo que deberíamos intentar ir a campo traviesa. Quizá hoy no, pero pasar tiempo en la montaña no es una mala jugada. Deberíamos parar en esa tienda de camping que vimos", dije mientras todos subíamos al camión.

Todo funcionó bien durante un par de semanas más. Éramos felices en la cabaña. No había más noticias por la radio, y Wesley y Richard incluso decidieron volver a instalarse en su cabaña. Estaba un poco más abajo de la colina, pero lo bastante cerca como para oír los disparos si se encontraban con problemas. También sabían lo del camión que habíamos escondido y nuestro tobogán para toda la vida. Si algo sucedía, allí era donde nos encontraríamos.

La mañana del último día en la cabaña, me desperté temprano y me incliné sobre el retrete para escupir en él. Era un hábito que había adquirido de mi viejo. Noté un poco de sangre. No mucha, pero era de esperar. Perdí un poco la noción del tiempo, pero pensé que hacía unos cuatro meses que el mundo se había parado.

Las emisoras de FM estaban todas desconectadas, y las de AM emitían de vez en cuando. En una de ellas había un joven locutor. Había sido becario en un programa deportivo y había tenido suerte, ya que los presentadores habían decidido quedarse en casa el Día Z.

Tenía comida y agua para mantenerse. Necesitó tres días de buena luz solar para emitir media hora por la mañana y por la noche. Los oyentes debían esperar tiempos muertos si llegaba una gran tormenta.

"Estoy haciendo todo lo posible para seguir en el aire. Si alguien tiene noticias de alguna zona segura, por favor, diríjase allí", dijo y dio una dirección. Y añadió: "Tengo una radio CB en el canal 18. Ese era el canal de los camioneros cuando era niño. Ese solía ser el canal de los camioneros cuando yo era niño, pero por desgracia, no oigo nada en él".

Era muy triste oír esta voz solitaria en antena. Hablaba de su vida y daba todas las noticias que tenía del cable. No sabía muy bien de qué hablaba, algo que llegaría a las emisoras de radio antes de que todo dejara de emitirse.

Me divertía mucho cuando hablaba de los cotilleos de famosos que habían ocurrido meses antes. Debía de haber recorrido toda la emisora de radio cogiendo todas las revistas que encontraba, y lo trataba todo como si fueran noticias de actualidad.

"Nunca adivinaréis quién ha sido visto este fin de semana con un icono del pop..." o "Han vendido su mansión por quince millones de dólares y ahora se mudan a Florida".

Sabíamos que no era actual, ni siquiera real, ya que ese mundo había desaparecido. Pero nos daba algo más en lo que pensar durante ese par de semanas. Incluso nos tomaba el pelo con un "Sintonicen mañana para saber a quién pillaron con...".

Estuve mirando mapas e intenté idear un plan que permitiera a Jenny ponerse a salvo. Supuse que cuando las cosas se fueran a la mierda donde estábamos, nos dirigiríamos al norte, de vuelta a mi casa para recoger más armas y reservas de comida.

Sí, sí, yo había sido durante mucho tiempo un "fin del mundo en 2012" tipo de persona. Los mayas sólo se equivocaron por unos pocos años. Y como algunas de las reservas de alimentos que tenía decían "bueno para veinte", no había sido el único que había pensado en ello.

Teníamos el equipo de acampada y, si mi plan de conducir

por las líneas eléctricas funcionaba, podríamos sortear algunos de los controles de carretera de los que habíamos oído hablar.

Jenny entró en el baño con ojos soñolientos. "Sabes, mataría por tener agua caliente", dijo. Me besó y se metió en la ducha.

"Ven conmigo".

Me lavé los dientes antes de besarla profundamente. Hacía frío, pero nos dimos calor mutuamente.

Después nos vestimos. Incluso nos pusimos los zapatos. Les había dicho a todos que, a menos que estuvieran en la ducha o durmiendo, también se dejaran los zapatos puestos. Sé que no tenía sentido, ya que habíamos pasado varios meses en paz, pero supuse que ocurriría justo en el momento en que me quitara los míos y entonces estaría corriendo por aquella torre con los pies descalzos. "Como en Jungla de Cristal", dije. ¿Y te lo puedes creer? Jenny nunca había visto la película, así que mi referencia era inútil.

Si mi generador aún funcionaba, pensé que podríamos verla antes de salir de casa. Sería agradable volver a ver unos minutos de televisión o una película.

Escuché los disparos. Al principio pensé que sólo eran truenos. "Prepárate y mantente alerta. Si las cosas se ponen feas, pisa el acelerador y nos reuniremos en el camión o en la cafetería", dije saliendo corriendo de la cabaña. Tenía el revólver en una funda improvisada, y un rifle de ciervo que había encontrado, con la mira, así que ésta era mi mejor arma hasta que pudiera llegar a quien fuera que viniera. Para eso tenía una maravillosa escopeta de doble cañón cargada con perdigones de doble tiro. Pensaba usarla como garrote mientras recargaba.

Jenny tenía una pequeña acción de palanca. Dejé nuestro camión robado aparcado detrás de la cabaña y corrí colina abajo hacia la cabaña de Wesley y Richard.

Cuando me acerqué, vi que ambos disparaban desde diferentes ventanas, y sonaba como si se estuvieran moviendo entre las ventanas delanteras y desde las que los vi disparar. *Haciendo más ruido para mí,* pensé.

Tardé unos segundos en verlos. Estaban tan cubiertos de barro, tierra y hojas que se confundían con el paisaje. La mayoría eran de los que se mueven despacio y, una vez que los vi, pude distinguirlos.

Era como uno de esos carteles tan populares cuando era niño. ¿Puedes ver la araña?

En fin, ya las conoces. Encontré un buen sitio y me concentré en las que estaban entre la cabaña y yo. Esto era algo que ya habíamos discutido antes. Tanto si nos atacaban a nosotros como a ellos, el plan era despejar el camino.

Disparé, utilicé el cerrojo para cargar un nuevo cartucho y volví a disparar unos segundos después. Los disparos fueron certeros. Ambos en la cabeza. Siempre había tenido una puntería decente, como sabes, pero dame una buena mira y un reposo y puedo poner dos líneas donde quiero que vaya el proyectil.

Seguí disparando a diferentes, sin molestarme en contarlos. Debía de haber más de una docena.

Uno de ellos giró la cabeza, olfateó el aire y me miró directamente. "Joder", dije mientras echaba a correr colina arriba. Recordé todo lo que había dicho sobre poner las líneas donde yo quería. Bueno, eso era fácil cuando el objetivo era lento. El que me atacaba ahora era más difícil de derribar.

Fallé una vez cuando pisó una zanja en la subida. Mi disparo pasó por encima de su cabeza. Respiré profundo. Miré colina abajo para suponer por dónde iría y planeé mi disparo. Puse el punto de mira a un metro y medio delante de él y, en cuanto vi algo en la mira, disparé. El primer disparo le dio en el pecho, haciéndolo retroceder. Cincuenta yardas siendo disparado con un .308 habría dolido como una madre si hubiera podido sentir algo. Apuesto a que fue como ser golpeado con un mazo.

Se detuvo y antes de que pudiera volver a correr, disparé. Esta vez, mi puntería fue certera.

Había muchos más alrededor de la cabaña. Wesley y Richard huyeron y yo los cubrí. Disparaba y recargaba tan rápido como podía cuando pasaron corriendo a mi lado, gritando: "¡Vinieron de todas partes a la vez!".

No me gustó cómo sonaba eso. Me colgué el rifle al hombro, cogí la escopeta y salí tras ellos. Todos íbamos cargados con lo que considerábamos esencial, que era sobre todo armas.

Jenny estaba fuera de nuestra cabaña, vigilando. Cuando oyó los disparos, supuso que había llegado el momento de largarse. "Vete a la playa", grité, y ella me saludó y corrió por la parte trasera de la cabaña. Odiaba dejar la camioneta nueva, pero noté que había muchos en la carretera. Casi parecía una manada de ellos. ¿Sería posible?

Entonces casi me muero. Uno de ellos se había parado detrás de un árbol. Juro que dejó pasar a Wesley y a Richard. Si Richard no hubiera mirado hacia atrás para ver dónde estaba yo en ese preciso momento, habría muerto.

"¡Árbol!", gritó señalando, y casi se cae él también, pero su padre lo agarró.

Me giré y solté los dos cañones mientras saltaba hacia mí. No bromeo. Malditos zombis saltarines. De todos modos, eso se encargó de él, y volví a cargar mientras seguía caminando. Si hubiera pensado más, me habría dado cuenta de lo mojada que estaba su ropa. Tal vez eso habría salvado...

Mirando hacia arriba mientras rodeaba la cabaña, Jenny ya estaba volando por el tobogán de la vida. Riendo. Juro que la chica se estaba riendo. Sí, demasiado joven para mí, y con una mochila de personajes de dibujos animados que había encontrado.

Ella miró hacia atrás y yo la saludé con la mano. Seguía sin atar cabos con el zombi mojado.

Richard y Wesley se agarraron a los ganchos de la tirolina. Jenny nos había tendido todas las mochilas. Me puse la mía, sin perder de vista y les di unos segundos para que se pusieran en marcha. No había necesidad de atascar las cosas y quién sabía cuánto peso podía soportar la línea.

Me subí cuando Jenny pasó la última colina y se perdió de

vista, y fue entonces cuando pensé en los zombis mojados. Demasiado tarde.

No podía hacer que la línea fuera más rápido. Sabía que había peligro delante de mí, y oí los disparos antes de ver nada. Todavía estaba a seis metros de altura yendo rápido. Estaba demasiado alto para saltar.

Al salir de entre los árboles, vi a los tres en la playa, a Richard y Wesley llevando el bote al agua, y a Jenny de pie con su rifle de palanca, disparando desde una posición erguida. Parecía Annie Oakley, con el cabello alborotado mientras disparaba.

Como el tobogán de la tirolina me obligaba a mantener las dos manos sobre él, no podía desenfundar y disparar. Estaba a merced del destino.

Los zombis salían del agua. Venían del lado opuesto del lago de donde estaba escondido nuestro camión. Parecía que había miles de ellos. Todos los de la escuela y más, y aunque eso era bastante extraño, todos estaban arrastrando los pies en algún tipo de orden. Estaban formando un patrón de cuña, su punta moviéndose hacia Jenny. Los que habían entrado en el agua seguían caminando a medida que se hacía más profunda. Seguían caminando, sus cuerpos hundiéndose más y más, hasta que se habían sumergido completamente.

Podía imaginármelos arrastrando los pies por el fondo del lago en esa misma marcha lenta.

Al llegar al final de la fila, grité: "Están en el agua".

Pero nadie me oyó por encima de los disparos de Jenny. Cuando me vio, empezó a correr hacia el bote, tal como habíamos acordado. Los tres empujaron el bote más lejos.

Corrí tan rápido como pude, gritando, y llegué al bote, pero era demasiado tarde. Wesley estaba siendo hundido. Oí que su arma se disparaba varias veces bajo el agua y volvía a estar encima. Empujando el barco más en el lago.

"¡Sube!", me gritó, y vi la tristeza en sus ojos.

"Lo siento", le dije, y nuestras miradas se cruzaron. Habríamos pasado días hablando de cómo quería que cuidara de su hijo, y él sabiendo que yo haría esto, y todo eso pasó a través de nuestra conexión. Empujó el bote hacia delante.

Richard gritó: "¡NOOOOOOO!", y yo me agarré a él para evitar que volcara la barca. Estábamos demasiado lejos y profundos para que los zombis pudieran alcanzarnos, pero si uno de nosotros caía en....

"Le mordieron. Nos ha salvado". grité, y Richard se quedó muy quieto mientras veía a su padre darse la vuelta. Wesley había soltado el arma y tenía su machete acuchillando y cortando a los que no se veían en el agua. Se mantenía firme, protegiendo a su hijo y a nosotros.

"¡Vive bien!", gritó por encima del hombro y su hijo respondió: "Te quiero, papá". Empecé a remar. Toda la manada se dirigía hacia nosotros. Me di cuenta de que había más en la orilla con las narices al aire, olfateando.

Joder, pensé, *malditos zombis con aspecto de pájaro*.

Llegamos a la orilla y dejamos las mochilas en la caja del camión. Colocamos el rifle de Jenny y el mío en el armero. Richard se aferró a su arma. Su honda estaba en el bolsillo. Subimos a la camioneta. Richard se sentó del lado del pasajero, con Jenny en el medio. Richard la abrazó y lloró. Empecé a conducir.

No dije nada. Jenny habló mucho y en un momento dado me cogió la mano. Sabía que estaba llorando y preocupada por todos nosotros, pero en aquel momento consoló a aquel chico mejor de lo que yo jamás podría hacerlo.

Más tarde, mientras seguíamos por la carretera, me dijo: "Se ha cargado a un montón de esos hijos de puta, ¿verdad?".

CAPÍTULO 9
LA CONFESIÓN

Me sorprendió lo vacías que estaban las carreteras. Sí, a veces había coches bloqueando el paso, pero pudimos sortear la mayoría de ellos sin demasiados problemas, gracias al sistema 4x4 del camión. Decidí tomar la 81 tan al norte como pudiera. Me bajaría en la 66 y me dirigiría hacia Front Royal y la 522, para poder llegar a casa.

Tuvimos que parar varias veces para apartar coches de la carretera, pero no vimos ningún zombi ni ninguna persona. Todo estaba inquietantemente tranquilo.

"¿Te has dado cuenta de que no hay vehículos militares?" preguntó Jenny.

Miré a mi alrededor mientras apartaba un pequeño VW del camino y me rasqué la cabeza intentando recordar dónde habíamos visto un vehículo militar más recientemente.

Pasamos junto a varios coches patrulla, pero no vimos a ningún policía ni a nadie que pudiera habernos ayudado. Estuve un rato sacando la radio de uno de los coches. Pensé que si había tiempo, la conectaría al camión cuando llegáramos a mi casa.

Richard había dejado de hablar. Sostenía la mano de Jenny. No importaba lo que dijéramos, no salía de su asombro.

Tomamos la salida de la Ruta 66 hacia Front Royal. Le dije,

más a Jenny que a Richard: "¿Sabías que esto antes se llamaba Hell Town?". Ella no lo sabía y yo continué: "Eso fue a finales del 1700 o principios del 1800. Se ganó ese apodo gracias a todos los ganaderos y barqueros del río Shenandoah, que visitaban los salones locales".

Ya sé que te he contado más de esta historia antes, pero era la primera vez que Jenny la oía. Richard se animó y dijo: "Cuando todo esto acabe, si queda algún ser humano, apuesto a que todo empezará como en aquellos primeros tiempos".

Tenía razón, y me alegró que volviera a hablar. Empezamos a nombrar periodos históricos que queríamos recuperar. Nos decidimos por reyes, caballeros y bellas doncellas.

"Entonces, ¿quieres que te llame mi rey ahora?" preguntó Jenny, y cuando asentí con la cabeza, me dio un golpe en el brazo y todos nos echamos a reír.

Fue bueno para mí. Esperaba que pudiéramos escondernos en casa un rato. Tenía algo de contrachapado que podía poner en las ventanas. Teníamos el garaje para dos coches y suficientes árboles alrededor para mantenernos calientes cuando los depósitos de propano estuvieran vacíos.

Había trabajado en un generador conectado al arroyo, pero lo único que podía alimentar eran algunas luces exteriores, pero eso serviría por un tiempo. Tenía muchas ganas de poner en marcha el generador grande, pero era demasiado ruidoso. Como estas cosas son como pájaros, no quería darles nada a lo que agarrarse.

Una vez que llegamos a 522, sabía que estaba en casa. Podría haber corrido con los ojos vendados por el bosque, y los habría llevado hasta allí.

Al llegar a la puerta, me alegré de ver que seguía cerrada. Esto solía ser una granja con ganado, y no sólo tenía la puerta del ganado en el suelo, sino que también tenía una puerta con una cadena a través. Había planeado ausentarme por un tiempo, así que la había cerrado al salir. El hecho de que la cerradura estuviera intacta me hizo sentir bien.

Vivir al final de un carril largo resultaba útil, sobre todo ahora. A menos que alguien estuviera seguro de cuál era mi desvío, tendría que estar justo detrás de mí para seguirme hasta casa.

Cuando volví a la camioneta después de abrir el portón, Jenny preguntó: "¿No quieres ir a buscar tu correo?".

Recordé que habíamos acordado que llamaría cuando llegáramos al hotel o a nuestra primera parada, para poner en espera el correo.

"Creo que la civilización se mantuvo unos días más aquí que donde acabamos de llegar, pero no, déjalo ahí. Si pasa alguien, no se dará cuenta de que hemos estado aquí".

Después de pasar, salí y volví a cerrar la verja. Me aseguré de volver a poner la cadena exactamente como la recordaba. En principio, confiaba en la mayoría de mis vecinos. Pero desde el renacimiento de la sociedad, ya no me fiaba tanto de nadie.

La casa estaba como la había dejado. Saqué mi llave de repuesto, pasé, abrí manualmente el garaje y entramos. Cerré el garaje y todos soltamos un suspiro colectivo que no sabíamos que habíamos estado conteniendo.

Abrí el grifo. Tenía un pozo: agua dulce desde hacía al menos cien años, había dicho el tipo que lo había perforado. Quería intentar encender las luces exteriores. Tal vez podríamos encender la televisión en el sótano. Tenía muchos DVD.

Después de enseñarles la casa a Jenny y Richard, decidimos dividirnos y ponernos manos a la obra. Jenny y Richard iban a bajar los colchones al sótano. Sería bueno volver a dormir en un colchón, pero hasta que no nos hubiéramos asegurado de que no se escapaba ninguna luz de la casa, pensábamos vivir en el sótano por la noche.

Mi taladro inalámbrico seguía cargado. Contento, cogí un poco de contrachapado e hice lo que pude para sellar todas las ventanas. Lo hice desde dentro. Lo sé, no es tan bueno como hacerlo desde fuera, pero no quería estar fuera más de lo necesario. Esas cosas podían olerme. Y no quería que nadie que pasara por allí viera que algo había cambiado.

La casa era sólida, y las ventanas también, así que aunque alguien o algo podría llegar a entrar, haría mucho ruido intentándolo.

Jenny hervía agua en el piso de arriba, pero no echaba ninguna de las raciones que teníamos en el agua hasta que estaba en el sótano con la puerta cerrada. Incluso llegué a poner cinta adhesiva en la puerta. "No hay necesidad de arriesgarse a que salga el olor. Soy demasiado paranoico, lo sé", interrumpió Richard, y añadió: "No creo que papá y yo fuéramos lo bastante paranoicos".

Volvió a derrumbarse. Nos sentamos a comer en silencio y, maldita sea, quería una noche más. Quería una noche más de felicidad con esta chica, pero escupía sangre cada vez que me agachaba por el dolor. Cuando cagaba, también había sangre.

Le pregunté a Jenny si recordaba lo cabreado que había estado cuando me conoció. Se rió y le contó a Richard nuestro primer encuentro, y a su ex, y cómo llegué corriendo como una especie de héroe. "Mi héroe", me llamó entonces, y me sentí tan mal que no podía decírselo, pero tenía que hacerlo.

Yo sabía que ella planeaba ir lo más lejos posible conmigo y estar a salvo. Habíamos hablado de una barca y de otras cosas que podrían hacerse cerca del río, pero mientras yo la ayudaba con las ideas, le dije que no quería hacer planes con demasiada antelación.

"Volvamos primero a casa y luego decidimos".

La tomé de la mano y, como si le arrancara una tirita, se lo dije. Le dije que calculaba que me quedaban unos seis meses, quizá un poco más o menos.

"¿Qué medicamentos necesitas?", me preguntó, y le dije que incluso con tratamiento médico sólo podía esperar unos muy dolorosos tres o cuatro meses más.

Fue una de las conversaciones más duras que he tenido nunca. Me golpeó varias veces en el pecho exigiéndome: "¿Por qué me dejaste quererte?". A eso, no tenía respuesta excepto la verdad.

"Porque soy egoísta y no quería morir solo".

Richard empezó a llorar, probablemente pensando en su padre. Jenny se fue un momento al baño.

Sí, tienes razón. Me quedé ahí sentada. Nunca he sabido qué hacer cuando las mujeres son infelices y ha sido culpa mía. Si no puedo comprar helado para arreglarlo, no sirvo de mucho.

Richard y yo limpiamos. Salí y conecté un alargador sólo para hacer algo. No estaba muy preocupada por ver nada.

Desenchufé el televisor de la toma de corriente y lo conecté al alargador. La energía del arroyo llegaba a un juego de pilas y a algunas otras cosas que mi cuñado me había ayudado a montar años antes, cuando había estado pensando en desconectarme de la red, pero lo único que había alimentado con las pilas eran las luces exteriores.

Antes de que probara la electricidad, Jenny salió. Me rodeó el cuello con los brazos y me besó. Luego, de pie, me abrazó diciendo: "Lo siento. Estaba siendo estúpida. ¿Me perdonas?"

"No hay nada que perdonar. Si el mundo no se hubiera acabado, quién sabe qué habría pasado. Tal como están las cosas, te he querido más de lo que tenía derecho. Gracias", le dije y la besé. Richard se estaba poniendo incómodo, así que le dije. "Vamos a probar esto".

Al pulsar el botón de encendido, no pasó nada. "Mierda", dije en voz alta, y volví a pulsarlo. Esta vez empecé a reír como un loco. "Esperad aquí", exigí y me largué escaleras arriba.

Seguro que me oyeron rebuscar en mis armarios para encontrar las dos últimas pilas doble A del planeta. Bueno, las dos últimas que me quedaban. Las puse en el mando, se lo di a Richard y le dije: "Inténtalo tú".

Lo hizo y se encendió.

"Seguro que no hay suficiente para alimentar el satélite de ahí arriba, pero antes de irnos de aquí, puedo encender el generador y podemos navegar por los canales para ver si emiten algo. El televisor tiene un reproductor de DVD incorporado en el lateral".

"¿DVD?", me miraron los dos interrogantes, y luego se echaron a reír. Jenny añadió: "¿Los compraste en un videoclub? He oído que antiguamente se hacía así".

Jenny se sentó conmigo en el sofá. Richard se sentó en mi silla empujándola hacia atrás. Empezamos a ver mi película favorita de Navidad. Jungla de Cristal. Los dos la disfrutaron y fui a buscar unas patatas fritas a la despensa.

"Intentaría hacer palomitas, pero no sé cuánta potencia tenemos para el microondas. Quizá mañana lo intentemos, con la tele apagada".

Nos acostamos temprano y todos dormimos mejor que hacía tiempo. A primera hora de la tarde, había cogido el taladro y atornillado unas cuantas tablas en los escalones del sótano. Claro que estábamos encerrados, pero teniendo un hacha y una escalera en la habitación de atrás, siempre podía atravesar el suelo si hacía falta. *Quizá mañana haga una trampilla. Sería bueno tener más de una salida.*

Las dos semanas siguientes fueron un poco paradisíacas. Richard me daba mucha pena, pero me asombraba lo fuerte que era y lo duro que trabajaba.

Como los dos sabían lo que me iba a pasar, empecé a entrenarlos con todas las armas que teníamos. Si no sabía cómo cargarlas o manejarlas, lo averiguaba y se lo enseñaba.

Richard empezó a darnos clases con los libros que tenía su padre, y empezamos a pensar adónde ir.

Una noche, cuando Jenny ya se había ido a dormir, Richard se me acercó y me dijo: "¿Crees que podremos llegar a Pensilvania?".

"Las carreteras han estado despejadas hasta ahora, así que no estoy seguro, pero supongo que podremos. ¿Por qué? ¿Por la familia?" pregunté y él asintió.

"Por parte de mamá. Papá y yo no volvimos mucho después de que ella falleciera. Volvíamos para cenas familiares y reuniones. Lo suficiente para seguir conectados, pero le entristecía tanto que dejé de pedirle ir". Estaba llorando, avergonzado por su confesión.

"Todos hacemos lo que debemos cuando se trata de nuestros padres y seres queridos. Sí, deberíamos ir a AP. ¿Crees que hay un buen lugar para que sobrevivan?". pregunté y él siguió describiendo la granja en la que vivían, las montañas, los arroyos y toda la vida salvaje. "Suena perfecto".

Después de hablarlo con Jenny por la mañana, encendí el generador. Probablemente nevaría en unas semanas, así que quería ponerme en marcha para poder volver si no estaban o hacer un plan diferente dependiendo de si había algo en el satélite.

No lo había. Varios mensajes de emergencia estaban editados en bucle, pero no había programación original.

"Lástima que no tengas una... ¿cómo la llamabas, una radioaficionado?". dijo Richard cuando apagué el generador.

Riéndome, dije: "Puede que sepa dónde encontrar una. Vamos a visitar a Don".

CAPÍTULO 10
ACAPARADOR

Mi amigo Don era un acaparador. No se le podía considerar de otra manera. Desde que le conozco, he tenido que ayudarle personalmente a apuntalar su piso en dos ocasiones debido al peso de todos los periódicos que guardaba. No era rico ni mucho menos, pero gastaba su dinero en periódicos, revistas, libros y su equipo de radioaficionado.

Me había enseñado lo justo para encenderla, con la ayuda de los libros que tenía, pero quizá tuviéramos suerte y lo encontráramos vivo.

Decidimos empaquetar todo lo que necesitábamos, por si acaso no conseguíamos volver. Richard me ayudó a cargar el generador en el camión. Empaqué un par de cables de extensión. Si Don no tenía un enchufe para el generador en el exterior de su casa, yo podría hacer uno, utilizando los viejos enchufes suicidas, los que tienen dos conectores macho. Si uno no tenía cuidado, eran perfectamente capaces de freír a una persona.

Don no vivía lejos. Cuando entramos en su casa, vi su molino de viento girando. Cuando yo estaba trabajando en mi pequeño sistema de iluminación, el estaba instalando un molino de viento y algunos paneles solares. *Sería interesante ver cómo funcionaba.*

Vivía en medio de unos cincuenta acres de bosque, así que

me sentí bastante seguro de que nadie más oiría cuando grité a la casa desde la puerta. "¡Don, soy Nick! ¿Estás en casa?"

Incluso sin los zombis corriendo alrededor, habría llamado desde su puerta así. Hizo lo mismo en mi casa. No estábamos acostumbrados a que vecinos de otras partes del país se acercaran a sus porches para llamar a la puerta.

Volví a gritar: "¡Don, soy Nick!".

"¿Quién está contigo?" Le oí gritar de vuelta, viendo moverse un poco la cortina de arriba.

"Jenny y Richard, son amigos y buenos. No están enfermos. Tenemos comida si la necesitas. Quería comprobar la radio".

"Comida, bueno ¿por qué no lo dijiste? Sube", gritó por encima del hombro, y supe que se dirigía a abrir la puerta.

Al abrir la puerta, todos entramos. Me fijé en la cinta adhesiva del interior de las puertas. Don, estrechándome la mano, dijo: "Huelen..." y los dos terminamos juntos: "...a pájaros".

"¿Han estado aquí?" pregunté.

"No, ¿te has enterado?".

Estábamos todos en el salón. Jenny y Richard estaban maravillados con las pilas de revistas.

"No, Don, lo vimos. Juro que se movían como los pájaros en forma de cuña. Las malditas cosas entraron directamente en un lago y siguieron hasta llegar al otro lado".

Don sacudió la cabeza y nos indicó que entráramos en la cocina. Jenny puso una pequeña nevera sobre la mesa y empezó a desempaquetar la comida. Teníamos algunas cosas que se estropearían por el camino y pensamos que también podríamos darnos un festín en casa de Don.

"¿Algo en la radio?"

Sacudió la cabeza, sonrió y me indicó que subiera. Le dije a Richard que se quedara con Jenny. Arriba, Don susurró: "Ellos, ¿de acuerdo?".

Sonreí y le conté todo lo que habíamos pasado. Le dije que no formaban parte de una conspiración gubernamental. No había ADN alienígena. Discutimos un par de otras teorías conspirativas que habíamos debatido a lo largo de los años. Fue divertido hablar, y antes de entrar en lo que había oído por la radio de radioaficionado, dijo: "El alunizaje sigue siendo falso. No me importa lo que digas, incluso después de que Shatner subiera. Ahora, mira aquí..." Y me mostró un montón de mapas, que había estado siguiendo.

"Originalmente, teníamos diez zonas seguras cerca. Luray Caverns, Shenandoah Caverns, y otras. Pensaron que si la gente podía reunirse en estos lugares, habría mucha agua y habría comida cerca". Movió un par de papeles y continuó.

"La mayoría de estos lugares cayeron rápidamente. La gente ya mordida se metió, pensando que eran inmunes. Uno de estos lugares tenía un maldito cementerio. Llevaba años oyendo rumores de que había alguien enterrado en las Cavernas Shenandoah, pero no tenía pruebas. Bueno, ahora ya lo sabemos".

Debí de poner una cara rara porque se detuvo.

"¿Quieres decir que no te has enterado? Maldito Nick, ¿dónde has estado? Cosas que sabemos. Infectan a los vivos cuando los muerden. Los muertos recientes vuelven a la vida bastante rápido, en cuestión de días. Pero lo realmente loco fue que salieron de tumbas de hace cincuenta años, directamente de la tierra".

Me enseñó un par de correos electrónicos e impresiones de algunos sitios web que habían estado activos después de que las cosas se volvieran extrañas. Don tenía Internet por cable y por satélite, y esta última debió de permanecer activa durante un tiempo.

"Cualquiera que haya sido enterrado en tiempos modernos sigue ahí abajo. La mayoría están ahora en bóvedas de hormigón. Es probable que la mayoría esté intentando salir".

"¡Pam!"

"Oh mierda, lo siento Nick. No pensé en Pam. Nadie sabe si las bóvedas están selladas. Vale, no estoy seguro de ellas."

"No pasa nada. Me dijiste que la mayoría de las zonas

seguras cayeron. ¿Alguna sigue funcionando?" pregunté, cambiando de tema.

Don se acercó a su banco de trabajo. Cojeaba un poco y ambos dijimos: "Gota".

Se rió y dijo: "La maldita cosa me da cuando llueve, o cuando brilla el sol. Esta vez me he golpeado la pierna con una silla. Por eso cojeo. Mira aquí, Nick", dijo señalando otro mapa. "Un barco hospital llamado Mercy está justo frente a la costa. Recibo una señal de ellos todos los días. Siempre en la misma banda, y no es una grabación. Dicen que tienen comida y suministros y que cualquiera que llegue al barco será llevado a una isla que ha sido limpiada. No dicen a qué isla, lo cual entiendo un poco".

"Limpiada es una palabra extraña, ¿no crees?" le pregunté.

No obtuvo respuesta, miró su reloj y dijo: "Vuelven a emitir dentro de unas horas. Creo que deberíamos ponernos en contacto con ellos y hacerles saber que hay tres en camino".

"¿Cómo que tres? ¿No vienes?" Pregunté

Y a eso, él hizo un gesto con los brazos y dijo: "He trabajado para esto toda mi vida. No puedo irme".

Me puse en modo investigación, mirando todo lo que tenía. Había referencias a reservas de alimentos. Aunque las cosas habían ido de mal en peor muy rápidamente, la mayoría de la gente no estaba en la zona de Mad Max. La mayoría de la gente estaba ayudando a los demás. Sí, había unos cuantos gilipollas, pero habían sido gilipollas cuando el mundo aún era "normal".

Cuando bajamos a comer, Don me dejó algunos de los mapas.

A Jenny y Richard les gustó la idea del barco hospital, pero Richard quería ver cómo estaba su familia primero. Acordamos que iríamos a Pensilvania para ver cómo estaba su familia. Si la situación era sólida, nos quedaríamos allí. Si no, iríamos al océano.

No pude convencer a Don de venir con nosotros.

Después de comer, subimos a ver si el barco hospital había llegado. Don tuvo una idea. Hizo algunas llamadas a diferentes radioaficionados de la costa este. Intentábamos encontrar a alguien que supiera dónde estaban los parientes de Richard. No queríamos difundir los nombres, a menos que encontráramos a alguien de la zona.

Nos llevó un tiempo, pero nos pusimos en contacto con alguien que se hacía llamar sheriff del condado de Franklin.

"La vieja granja Stockwell, ¿es esa?", preguntó por radio.

Mirando a Richard que asintió con la cabeza, sí, Don envió de vuelta una afirmativa.

"Lo siento, pero hace unas semanas que no sé nada de nadie allí. Iremos por la mañana y le avisaremos por la tarde".

Don dio las gracias al sheriff.

"El sheriff se alegró de poder hacer algo. Estoy seguro de que han pasado muchas cosas que estaban fuera de su control. Es una granja remota, así que espero que tengamos buenas noticias", dije.

El barco hospital llegó justo a tiempo. Se abrió con un mensaje genérico y luego ya estaban en directo. Hablaban de números, principalmente de cuántos supervivientes querían antes de despegar para el siguiente viaje. Describieron el proceso de embarque y se aseguraron de decir a los oyentes que no se congregaran en el muelle antes de la llegada del barco. "Estas cosas tienen un olfato que debe rivalizar con el de un sabueso. Hemos establecido un perímetro con puertas y cerraduras que requieren inteligencia humana básica, así que por favor asegúrense de cerrarlas después de pasar. Si aparecen en gran número, cerraremos y recogeremos en una zona alternativa, hasta que se vayan".

Don transmitió de vuelta a la nave: "Tenemos tres almas que necesitan transporte".

"Es una noticia maravillosa. Les haremos saber una hora aproximada para llegar al área mañana".

Enviaron algunas cartas y números.

Cuando Richard y Jenny me miraron, les dije: "Señal de llamada, pensad que es como un mando oficial de CB", y ambos me miraron como si estuviera loco.

La próxima película será Convoy, pensé.

La nave hospital nos dio enfoque y esperanza. Bueno, si estaba allí. No confiaba en nadie, pero ya veríamos. Vigilaríamos el lugar de recogida. Si parecía seguro, subiríamos.

Esa noche, dormí mal. Mis pensamientos volvían una y otra vez a Pam, intentando salir de su ataúd. Cuando me desperté, estaba tosiendo. Hice lo posible por no despertar a Jenny mientras me metía en la ducha.

Don tenía agua caliente. Fue maravilloso lavarme y sentirme limpia de nuevo. El vapor ayudó a mis pulmones al aspirar aire húmedo y caliente.

Cuando salí de la ducha, Jenny estaba allí. Me ayudó a secarme y me miró. "No irás con nosotros al barco, ni te quedarás en casa de Don, ¿verdad?".

Negué con la cabeza.

"¿Pero el barco hospital podría curarte?", protestó.

"Puede ser, pero lo dudo. Veamos qué dicen de la familia de Richard y luego decidiremos".

Preparamos el desayuno y nos sentamos a leer las revistas de Don. Me hizo empaquetar unas cuantas para llevármelas de viaje y me dijo que le dijera al barco que si necesitaban algunas, él estaba encantado de prestárselas. Creo que estaba algo orgulloso de poseer algo útil.

Quise ir a escuchar al sheriff con Don, pero Richard no quiso. Como me temía, eran malas noticias. Nos dijo que había tenido que eliminar a varios zombis de la zona y mencionó que algunos de ellos habían surgido de una parcela familiar.

Richard recordó la parcela. Le dimos las gracias al sheriff y mencionamos el barco hospital.

"Diles dónde estamos y, cuando encuentren una cura, nos encantará que nos lo cuenten. Pero hasta entonces, la mayoría de nosotros nos quedaremos aquí. Mi familia lleva cientos de años en estas colinas y no vamos a quedarnos sin nada ahora".

Le di a Don la mayor parte de nuestra comida. Volveríamos si pasaba algo malo. Le di el generador y algo de gasolina de repuesto. Cogimos lo justo para llegar a la nave y volver.

Siempre podíamos sacar más gasolina de los coches abandonados.

Todos estábamos tristes por la familia de Richard. Jenny lo abrazó. No dijo nada, pero me di cuenta de que esperaba que el barco hospital pudiera ayudarme.

Don y yo nos dimos la mano, diciendo simplemente "adiós", y nos dirigimos a la salida.

Le dije que, si era posible, le avisaríamos desde el barco hospital para decirle que lo habíamos conseguido.

CAPÍTULO 11
PASEO EN BOTE

Hablamos mucho sobre diferentes cosas en el camino. Jenny quería que fuera con ellos, pero yo no estaba tan seguro. Lo pensé, pero había cosas de las que tenía que ocuparme. Después de lo que Don me había dicho, tenía que pensar en Pam. ¿Podría estar en una tumba de hormigón intentando salir a arañazos? Pensar en ello me hizo temblar.

Jenny me tocó la mano, se inclinó más hacia mí y la rodeé con el brazo. "Nick, no quería decirte nada, pero estoy embarazada. Sé que no es el mejor momento para traer una vida a este mundo, pero como dicen, la vida encuentra su camino".

La acerqué y le besé la cabeza.

"Te quiero".

Eso tomó la decisión. No lo dije, pero tomaría el barco con ella e intentaría vencer mi enfermedad.

Tal vez la nave hospital tenía cosas que mi médico, el Sr. Sombrero de Culo, no sabía.

Casi me lo pierdo. Vi un coche salir de detrás de una señal de la autopista cuando pasábamos. No habría pensado nada de la señal, pero se me ocurrió mirar por el espejo retrovisor al pasar por encima de una colina.

"Jenny, Richard, prepárense. Tenemos problemas. No estoy seguro de qué dirección, pero nos están tendiendo una trampa".

Me enorgulleció ver que ambos revisaban sus armas.

Les describí el coche. Les dije que suponía que delante habría un obstáculo que no podríamos pasar. Entonces, al dar la vuelta, el coche se subiría.

Estábamos en una carretera de dos carriles. No era una interestatal y divisé un camino de entrada que se bifurcaba colina abajo. Sabía que, fueran quienes fueran, estarían mirando hacia abajo, así que me detuve. Hice que Richard y Jenny salieran. Cogieron sus armas al salir del camión. Richard corrió hacia la carretera para hacerme una señal cuando estuvieron a cincuenta metros.

Ninguno de los dos discutió. Si hubieran tenido una idea mejor, habrían mencionado, pero esta era la mejor estrategia que teníamos.

En cuanto vi la señal, frené el camión y retrocedí colina arriba. Si llegaba demasiado tarde, pasarían y no me verían. Si llegaba demasiado pronto, aparcaba en el centro y dejaba que me golpearan o les obligaba a parar. Ellos golpearían el lado del pasajero, yo estaría bien.

Lo habíamos cronometrado perfectamente. Volé de vuelta a la colina y golpeé el coche por el costado. Mantuve el gas a fondo hasta que los saqué de la carretera por el lado opuesto.

Me salieron unas cuantas canas cuando intenté tirar hacia delante para evitar caer con ellos por la orilla. La suerte estaba de mi lado.

Richard y Jenny corrían hacia el coche. De momento, ningún disparo. Me di cuenta de que los dos airbags estaban desplegados cuando salí de la camioneta.

Jenny fue la primera en disparar, y Richard la siguió rápidamente. Terminó rápido y no esperamos. "Podemos retroceder un poco y dar la vuelta. No hay razón para quedarse aquí".

El camión no andaba muy bien, pero nada bloqueaba los

neumáticos. Las ruedas estaban muy desalineadas, pero sentí que haría el viaje.

Jenny me tomó de la mano y dijo: "¿Viste el asiento trasero?". Cuando negué con la cabeza, siguió hablando.

"Había zombis atrás. Parecía que estaban encadenados. ¿Quién haría algo así?".

No sabía por qué y me alegré de no tener que averiguarlo. Dimos marcha atrás y continuamos nuestro camino.

Jenny y Richard dormían mientras yo conducía el tramo final. Estaban descansando por si las cosas se ponían feas cuando llegáramos. Mantuve la vista en el espejo retrovisor, pero nada nos seguía.

Hacia el amanecer, podía oler la sal en el aire. Cogí a Jenny de la mano, deseando que estuviéramos en un agradable paseo hasta la playa.

Encontré un lugar donde podíamos observar el muelle y tener una ruta de escape. Con los prismáticos de Don, divisé el barco en el horizonte. Le habían dicho a Don que se moverían hacia este muelle hoy, hacia otro mañana y finalmente hacia un tercero y último el viernes.

Vi a un par de personas en otros edificios y en sus coches. Todo el mundo se mantenía alejado del muelle. El capitán del barco había dicho a cualquiera que estuviera escuchando que se mantuviera alejado hasta que el barco estuviera casi en el muelle. Todos debían embarcar lo antes posible antes de que salieran de la arena, de debajo del malecón o del muelle.

El barco haría sonar su bocina de aire una vez cuando las puertas se estuvieran abriendo y tendríamos diez minutos para entrar en la bodega. Si los zombis habían conseguido entrar con nosotros, era nuestra responsabilidad ocuparnos de ellos. No abrirían las puertas de la bodega hasta que les hiciéramos la señal del pulgar hacia arriba en la cámara.

Entonces nos llevarían de dos en dos o de tres en tres, a través de una puerta para ser procesados. Cualquiera que fuera mordido tendría la opción de recibir un disparo o nadar de vuelta a la orilla.

Como habían sobrevivido tanto tiempo, no era cosa mía cuestionar su política.

Cogí a Jenny de la mano y les dije que lo más importante para mí era que sobrevivieran. Pasara lo que pasara, ninguna de las dos debía sacrificarse por mí. A Jenny le costó convencerme, pero finalmente me prometió salvarse.

Se pusieron en camino. La nave comenzó a tomar velocidad. Besé a Jenny. "Te quiero, pero no esperes. Si pasa algo, tú haces el maldito barco".

Ella sacó el labio inferior y me dio un puñetazo en el pecho: "Deja de maldecir al bebé". Nos besamos y nos abrazamos. Estreché la mano de Richard y le di un abrazo.

"Buena suerte".

No sé si sabía que no llegaría al barco, o que pasaría algo. Sólo sabía que iba a hacer lo que fuera necesario para asegurarme de que llegaran.

Puse el camión en marcha. Vi que otros vehículos hacían lo mismo y se dirigían hacia el muelle. Todos íbamos lo más rápido posible, pero no nos cortábamos el paso. Esperanza para la humanidad, pensé.

Los del primer coche abrieron la verja y rápidamente hicieron señas a los dos coches siguientes para que pasaran. Volvieron a subir a su coche, dejando la verja abierta y varios de nosotros pasamos. El último coche se detuvo y el conductor cerró la verja.

Eso también formaba parte de nuestras directrices. Podría ralentizarles un poco.

El capitán había tenido razón. Estaban saliendo de la arena y de debajo del muelle, con las narices en el aire olfateándonos. Aparcamos los vehículos lo más cerca que pudimos. Dejé las llaves en el camión, por si acaso era uno de los otros el que volvía y no yo.

Echamos a correr. Con las mochilas al hombro, Jenny con su

arma de palanca y Richard con una de las semiautomáticas de su padre.

Yo tenía la escopeta y apunté mientras corríamos. Había otros delante de nosotros, y Richard gritó: "¡Cuidado con los disparos!", lo cual fue un consejo excelente.

El primer grupo llegó al final del muelle cuando el barco se detuvo. La puerta de la bodega se abrió y un pequeño puente se extendió sobre el muelle. Dos marineros vigilaban a ambos lados con algún tipo de M-16 o AR. Nos habían dicho que sólo dispararían si algo no humano intentaba abordar el barco.

El capitán había sido muy específico. "No tenemos munición suficiente para protegeros antes de que abordéis y no desperdiciaremos ninguna si no podéis abriros paso a bordo".

Y eso fue lo que hicimos. Un hombre corpulento, con su familia a cuestas, llevaba un bate de béisbol y se había apostado en el muelle para vigilar el puente. El bate acabó rápidamente con varios zombis que habían trepado desde el mar mientras su familia subía a bordo. Jenny y Richard estaban casi en el puente cuando los dos marineros dispararon. Vi a dos zombis caer de nuevo al agua.

Disparé a otro, bombeé otra ronda y disparé a otro. Jenny y Richard saltaron a la bodega. Me di la vuelta y me puse en guardia con el hombre del bate de béisbol.

"Soy Nick", dije.

"Gary, esa es mi familia. ¿Los otros son tuyos?" Gruñó lo último mientras blandía el bate para eliminar a otro.

Mi escopeta estaba vacía. Saqué mi palo de golf y lo clavé en el cráneo de otro mientras colocaba mi bota en su pecho y pataleaba.

Lo sentí entonces, una de sus manos estaba rastrillando mi pierna. No sabía si eso me hacía contagioso, pero estaba seguro de que el barco no me aceptaría en este puerto.

"Dame el bate y sube a bordo", le dije a Gary. "No estoy mordido, sólo un rasguño, pero estoy seguro de que el capitán no me dejará subir a bordo así. Los retendré todo lo que pueda".

Me lanzó el bate. "Dile a mi familia que les quiero y que si no me convierto en las próximas semanas, cogeré el próximo barco".

Mientras golpeaba a mi primer zombi en la cabeza con un bate de béisbol, pensé: "Joder, qué bien sienta". Grité: "Haz que suene mejor que eso".

Él gritó por encima del hombro: "Ya lo tienes".

Oí gritar a Jenny y vi que Gary la sujetaba. Seguí luchando. Cuando el barco se alejó del muelle, empecé a caminar. Luché hasta llegar a la orilla. Había ido a unas cuantas jaulas de bateo a lo largo de los años, pero nunca me había encontrado con algo así. Cuando llegué al aparcamiento, tenía los brazos a punto de caérseme. Tiré el bate en la parte trasera de la camioneta y me subí. Llegué rápidamente a la puerta y pensé en embestirla. Pero no quería fastidiárselo al siguiente grupo de rezagados. Además, podría estar muriendo de todos modos. Salí rápidamente. Sin perder la cabeza, conseguí abrir la puerta y atravesarla. No vi a ningún humano que no hubiera llegado al barco. ¡Uno para los buenos!

Estaba cansado, pero no demasiado mal. Conduje un rato, encontré un lugar para descansar y me limpié la herida. En general, no era un rasguño grave. Puede que ni siquiera fueran sus garras o uñas. Quizá sólo me había hecho daño con una tabla. Utilicé el sifón para llenar los depósitos y me dirigí de nuevo hacia donde Don.

¿Por qué donde Don? Bueno, pensé que si conseguía llegar hasta allí, tal vez podría hablar con el barco y hacerle saber a Jenny que estaba bien. Averiguaría con el capitán cuánto tiempo quería que esperara antes de poder reunirme con ellos. Él sabría más que nadie.

Don no se alegró de verme. Tardé mucho tiempo en convencerle de que no era un zombi que podía hablar.

"Si fuera un zombi que chupa escoria, no te lo diría", dijo finalmente, y acordamos que no traería armas. Si me ponía en plan Z, podía dispararme y yo no se lo reprocharía.

Alcanzamos la nave y, durante unos tensos minutos, me

preocupó que hubiera sido una trampa, una trampa o algo así, pero el capitán dijo: "Están a bordo. Todo va bien. Nadie está infectado". Hizo una pausa y añadió: "Gary dice que por favor traigan su bate. Dice que lo usó para batear el jonrón en su último año y ganar el partido para los Wildcats". Los dos nos reímos. Mantuvo el micrófono abierto mientras lo hacía. Me cayó bien. Ya había consultado con distintos médicos a bordo. Si podía aguantar hasta su próxima carrera dentro de cuatro semanas, me uniría a ellos.

"El bebé. Está bien", fue lo primero que dijo Jenny.

"¿Pueden saberlo tan pronto?" Pregunté estúpidamente. Pam y yo no podíamos tener hijos y ahora, de alguna manera, se estaba produciendo un milagro. Don me miró con la misma expresión que yo tenía en la cara. No le había dicho que estaba embarazada.

"No, tonto. Sólo lo sé. Va a ser un hombre fuerte como su padre. Así que date prisa y reúnete con nosotros. He hablado con los médicos y si sobrevives al rasguño, quizá puedan ayudarte. Uno de los médicos del barco sabe mucho de medicina alternativa. Hay esperanza. Sigue viva por mí".

No pude contener las lágrimas. No me importaba si Don me veía. *Esperemos que no piense que eso es señal de ser un zombi... lágrimas.*

Les dije que estaría allí en cuatro semanas. Entonces miré a Don y le pregunté: "¿Puedo comerme tus sesos?". Y los dos nos reímos, pensando en una vieja película de zombis que ambos habíamos visto, gritando "sesos" al mismo tiempo.

Utilicé alcohol en el interior y el exterior de la herida. No vi ninguna de las líneas negras que habrían indicado una infección.

No quería ser un riesgo para Don, así que me fui a casa. Le dije que volvería en unos días y que había algo en lo que quería que me ayudara. Ya había adivinado lo que quería y asintió con la cabeza.

No sabía por qué, pero por primera vez en mucho tiempo pensé que las cosas podrían funcionar.

DESPUÉS

Dos días después de dejar a Don, me enfermé como un perro. No estaba segura de si me estaba viniendo abajo el estrés de las últimas semanas, si mi enfermedad original estaba haciendo efecto o si el arañazo estaba empezando a convertirme en uno de ellos. Tenía mucha fiebre y vacié lo que quedaba de mi botiquín.

Esperé a sentirme normal antes de visitar a Don. Sólo tenía que estornudar y él me dispararía.

No perdí de vista los arañazos y se curaron como nunca. Dejaron de sangrar y al final de la semana siguiente se habían caído las costras. O lo había superado o nunca lo había tenido.

Cuando volví a casa de Don, me preguntó: "¿Algún deseo de sesos, o de cualquier otra parte de mi carne?".

Nos reímos, nos dimos la mano y nos abrazamos.

"Gracias por hacer esto", le dije. Había hablado con el barco unas cuantas veces más. Les había dicho que me habían echado de menos, pero que estaba en casa. Fue muy amable por su parte mantener viva la esperanza.

El capitán dijo que todo estaba bien y Jenny dijo que Gary y su familia los habían adoptado. Me entregó un periódico. El Royal Examiner, lo tenía girado hacia la sección de deportes. El titular decía: "Grand Slam home run para Gary..." El artículo nombraba a los otros chicos que estaban en las bases y mencionaba que "Athey anotó primero...", y luego continuaba sobre lo orgulloso que estaba el entrenador del equipo.

"Cuando oí su historia, pensé que tenía ese periódico. Me costó un poco buscarlo pero lo encontré. Lo pondré en un sobre para su familia". Sonriendo, lo cogí.

"¿Vendrías conmigo?"

Negó con la cabeza. "Ve tú, y si te encuentras en alguna isla maravillosa, tómate un Mai Tai de mi parte".

Ese fue el final de la discusión. A Don no le gustaba salir de casa, aunque se acabara el mundo. Le entregué un inventario de todo lo que tenía en mi casa y que podría serle útil más adelante.

Subió a mi nueva camioneta. Había ido a uno de los concesionarios de la 522 y había elegido otra. El viejo era bueno, pero en cuanto llegaba a 55, empezaba a temblar. Por eso compré uno nuevo.

No pasamos mucho tiempo fuera. Sólo subimos a la camioneta y salimos. Todavía pensaba que podían detectar cualquier olor con demasiada facilidad.

En mi mente, te vi oliendo el aire y me pregunté si sabías quién era yo.

Don y yo llegamos esta mañana. Nos llevó un rato despejar a algunos que andaban por el cementerio, saliendo de sus tumbas. Don se paró en la parte trasera del camión y les disparó mientras yo conducía. Luego hizo guardia mientras yo rompía la cerradura del cobertizo donde estaba la retroexcavadora.

Me sentí raro cavando tu tumba. Recuerdo que tiré una rosa sobre tu ataúd después de que te bajaran. Creo que la vi cuando bajé a la cámara acorazada, pero podría haber sido mi imaginación.

Nunca había hecho algo así, pero era algo que tenía que hacer. La idea de que estuvieras ahí abajo arañando para salir de esa cripta de hormigón para toda la eternidad era demasiado para soportarlo.

Ahora aquí estaba yo. Don y yo habíamos hablado de lo que haría. Se quedó en el camión. Tocaría la bocina si veía a alguien más.

Siento lo de la red, pero era la única manera que se me ocurrió para que no me mordieras.

No estoy seguro de lo que debería hacer. ¿Estás ahí, Pam? ¿Puedes oírme? Debería haber tirado dinamita ahí dentro. Don debe haber tenido algo escondido en su sala de estar.

Quería que supieras que iba a encontrar a Jenny y a Richard. No soy el padre de Richard, pero haré lo que pueda para protegerlo. Hablé con los médicos de la nave y les conté lo que me pasaba. Me dijeron que pensaban que podían ayudar. No puedo creerlo. Podría vivir después de todo.

Te gustaría Jenny, realmente te gustaría. Ella es buena para mí. Me recuerda mucho a ti. Lo sé, lo sé, no quieres oír eso y lo siento. Te quiero.

¿Acabas de rechinar los dientes más fuerte cuando dije su nombre? Eso tuvo que ser mi imaginación.

Si tan sólo pudiera darte un abrazo, rodearte con mis brazos por última vez. Besarte como no tuve ocasión de hacerlo antes de que murieras. Le había pedido a Don que me trajera aquí en caso de que me convirtiera en su casa, para que tú y yo pudiéramos caminar de la mano por toda la eternidad.

Sí... sí, lo sé. Es una quimera. Don me habría disparado si hubiera estornudado. De ninguna manera habría llevado a un zombi a pedirle que lo llevara a tu tumba.

Lo siento, mi amor, debo irme. Joder, es raro estar aquí de pie mirándote. Puedo ver que quieres que resbale y me caiga. ¿No sería una mierda?

¿Qué fue eso? Mierda. Don está impaciente o tengo que irme. Te quiero.

Gracias mi dulce y maravillosa Pam. Llegaste a mi vida en el momento perfecto, y me enfadé contigo cuando te fuiste. Joder, estoy llorando.

¡MALDITA SEA, DON, PARA CON EL CUERNO!

Ojalá tuviera la fuerza para hacer lo que debería. Debería sacarte de tu miseria, y hacerlo rápido y sin dolor. Sé a lo que me arriesgo dejándote salir de tu tumba, pero no me importa. El mundo es tuyo ahora Pam, querida.

Tengo que irme. Me consuela saber que oirás mi voz en el reproductor de cintas con energía solar que te he colocado en el cuello. Me pregunto si sabía que volvería aquí cuando empecé a grabar. Estás tan guapa con tu vestido de novia. Recuerdo que en la funeraria pensaron que estaba loco por enterrarte con él, pero ahora, novia mía, eres libre.

Adiós mi amor.

Voy a encontrar a Jenny. Intentaré vivir.

Fin

Querido lector,

Esperamos que hayas disfrutado leyendo *Muerte Viviente - Apocalipsis Zombi*. Tómese un momento para dejar una reseña, incluso si es breve. Tu opinión es importante para nosotros.

Atentamente,

David Musser y el equipo de Next Chapter

COMENTARIO DEL AUTOR

Esta es mi cuarta novela y mi primera historia de zombis. Espero que os haya gustado.

No sé de qué tratará mi próxima historia, pero prometo que haré todo lo posible para que sea entretenida.

PLAYLIST DE MÚSICA

Patches – Clarence Carter

Magic – The Cars

Pretty Fly (For a White Guy) – The Offspring

Smooth – Santana

Beth – Kiss

Kiss – Prince

Somebody That I Used to Love – Gotye

Our House – Madness

One Night in Bangkok – Murray Head

Ghosts – Sugarhouse

Loser – Beck

Ain't No Rest for the Wicked – Cage the Elephant

Muerte Viviente - Apocalipsis Zombi
ISBN: 978-4-82418-172-5

Publicado por
Next Chapter
2-5-6 SANNO
SANNO BRIDGE
143-0023 Ota-Ku, Tokyo
+818035793528

3 junio 2023